엔터 노동자의 피 땀 눈물

어서 와,
연예기획사는
처음이지?

엔터 노동자의 피 땀 눈물

어서 와, 연예기획사는 처음이지?

벨루가 지음

마인드빌딩

프롤로그

"연예기획사 다니면 뭐가 좋아?"

처음 연예기획사에 입사했을 때 주변으로부터 많은 질문을 받았다. 대체로 연예기획사에 대한 '환상'에서 비롯한 질문들이었다. 연예기획사에서 일하면 연예인 자주 만나냐, 누가 제일 잘생기고 예쁘냐, 촬영 현장이나 분위기는 어떻냐……. 밀려드는 질문에 정신없이 대답하긴 했지만 정작 무엇 하나 확신할 수 없던 서툰 시절이었다.

그때 유난히 한 질문이 마음에 박혔다. 연예기획사에 다니면 뭐가 좋냐는 그 질문은 엔터테인먼트 업계를 떠나기 전까지 내 머릿속에 남았다. 나는 왜 그 질문을 잊지 못했을까? 시간이 한참 흘러 회사를 나온 뒤에야 '정말 무엇이 좋은지 알지 못해서'가 아니었을까 싶은 생각이 들었다.

내 주위에는 엔터테인먼트 업계가 어떤 곳인지, 얼마나 힘든지, 어떻게 견뎌내야 하는지 알려주는 사람이 아무도 없었다. 내게도 현실을 알려주고 조언해주는 사람이 있었다면 지금쯤 무언가 달라졌을까? 그러나 지나간 시간은 바꿀 수 없으니, 대신 이제는 내가 그 이야기를 전해주는 사람이 되고 싶다.

현재는 엔터테인먼트 업계를 떠났기 때문에, 더 허심탄회하게 이야기를 털어놓을 수 있는지도 모르겠다. 엔터테인먼트 업계에서 겪었던 기쁨과 슬픔, 환희와 좌절이 모두 담긴 이 책이 연예기획사가 궁금한 당신에게 조금이나마 도움이 되었으면 좋겠다.

차례

2막

연예기획사
홍보 실무에
대하여

3막

전쟁 같은
엔터테인먼트 업계에서
내가 얻은 것

4막

여기까지가 끝인가 보오

5막

직접 겪어봐야 비로소 보이는 것들

TIP

무엇이든 물어보세요!

1막

어서 와,
연예기획사는
처음이지?

Do what you like,
Love what you do

한때 내가 좋아했던 아이돌 그룹 B.A.P의 리더 방용국은 콘서트 중 팬들을 향해 이렇게 말했다.

"이렇게 우리를 사랑해주는 팬들 앞에서, 내가 좋아하는 공연을 할 수 있어서 너무 행복해요. 그러니까 이 공연을 보고 있는 팬 여러분들도 자신이 좋아하는 일을 하면서 행복했으면 좋겠어요."

그 말이 얼마나 가슴에 와닿았는지 모른다. 머리를 한

대 얻어맞은 느낌이었다. 그 강렬한 느낌 덕분에 8년이 지난 지금도 공연이 열렸던 올림픽공원을 지날 때면 설레는 감정이 피어오른다.

그때 당시 나의 상황은 암울했다. 친구들은 어느새 다 번듯한 직장에 취업해 졸업 이후의 삶을 열심히 살아가는데 나는 그러지 못했다. 내가 뭘 하고 싶어 하는지 알지 못한 채 단순히 대기업이라는 이유 하나로 관심도 없는 분야의 회사에 지원했다가 고배를 마시기 일쑤였다.

그러던 어느 날, 문득 이대로는 안 되겠다는 생각이 들었다. 사태의 심각성을 깨달은 나는 삼성 계열사인 '삼성에스원'에 지원했다. 이후 운이 좋게도 면접까지 가게 되었다. 그때의 나는 근거 없는 자신감에 차 있었다. '그래도 나 정도면 출신 학교도 괜찮고, 학점도 좋은 편 아닌가? 인상도 나쁘지 않고 말을 못 하는 것도 아니니 해볼 만하지 않을까?'라는 안일한 생각에 사로잡혀 있었다. 그러나 이런 생각이 무색하게도, 나는 면접에서 장렬히 탈락했다.

마음 한구석에 합격하리라는 생각이 있어서였을까, 모니터에 뜬 탈락이라는 글자가 믿기지 않았다. 면접 후 온

갖 상상으로 부풀었던 가슴이 한순간에 가라앉았다. 멍하니 모니터를 바라보다가, 집 앞 작은 공터로 걸어갔다. 공터에 앉아 한참 동안 '앞으로는 뭘 해야 할까?'라는 말만 속으로 되뇌었다.

그즈음 콘서트가 열린다는 소식을 들었다. 당시 내 상황에 콘서트는 사치라고 생각해 가지 않으려고 했지만, '지금 이 순간을 제대로 살지 못하는데 앞으로의 삶을 과연 즐길 수 있을까?' 하는 마음에 무작정 콘서트장으로 찾아갔다.

그때, 무대 위에서 자기가 좋아하는 일을 하면서 보람 있고 행복한 삶을 살아가는 그들이 어찌나 반짝반짝 빛나 보이던지. 조금은 창피하고 민망한 일이지만 그 가수가 했던 말, "네가 좋아하는 일을 하고 그 일을 사랑하라"라는 말을 듣고 그제야 내 마음속 목소리에 귀를 기울이기 시작했다. 그러자 어릴 때부터 음악을 좋아했던 내 모습이 떠올랐다. 고등학생 때는 친구들에게 농담처럼 "나중에 연예기획사를 차릴 거야"라며 말하고 다녔던 기억 또한.

다른 사람의 발자취를 아무 생각 없이 따라 걷던 내가

비로소 진정 원하는 방향을 보게 된 것이다. 그렇게 엔터테인먼트 업계를 향한 나의 첫 도전이 시작됐다.

우리는 모두 누군가의 덕후였다

나는 학창시절 별명이 '걸어 다니는 멜론'이었을 정도로 대중음악을 좋아했다. 더 오래전 이야기로 거슬러 올라가면, 나는 초등학교 1학년 때부터 누군가의 팬이었다.

내가 초등학교 1학년이었을 때, H.O.T의 〈캔디〉가 나왔다. 강타를 제일 좋아했던 나는 용돈을 모아 문구점에서 H.O.T 다이어리를 사기도 했다(이후 엄마에게 들켜 혼이 났지만). 그 시절 대부분의 집에는 H.O.T가 무대에서 썼던 소품인 털모자와 털장갑이 하나씩 자리하고 있었다.

저학년에서 고학년으로 넘어가던 시점, 나는 〈육아일

기〉로 국민 가수가 된 god의 팬이 되었다. 당시 지방에 살고 있었기에 서울로 공연을 보러 다닌다거나 공개방송에 참여할 수는 없었지만 TV로 그들의 무대를 보면서 응원하고, 또 〈촛불 하나〉 같은 따뜻한 노래로 위로를 받곤 했다.

god를 어찌나 좋아했는지, 학교에서 열린 행사 무대에 대표로 올라 춤을 추기도 했다. 무대 아래에서 나와 함께 노래를 따라 부르던 친구들의 모습이 아직도 기억난다. 그 시절 우리에게 대중음악이란 하나의 문화이자 놀이 그 자체였다.

시간이 흘러 2004년이 되었다. 하루만 네 방의 고양이가 되고 싶다며 혜성처럼 등장한 동방신기라는 이름의 다섯 소년은 중학생 소녀의 덕심(덕후의 마음)을 자극했다. 그들이 나오는 무대는 물론 케이블 예능, 라디오까지 다 섭렵하며 일거수일투족을 파헤쳤다. 당시 나는 일본어의 '일'자도 모르고 일본 문화에도 관심이 없었지만 동방신기의 일본 앨범과 뮤직비디오는 줄줄 꿰고 있을 정도였다.

그들의 노래를 들으며 춤을 추고, 그들이 입은 옷을 따라 입고, 그들을 주인공으로 한 소설을 써서 읽고, 그들의 이름이 새겨진 명찰을 가방에 달고 다니고, 얼굴이 나온 잡지를 오려 붙여서 필통을 만들고, 그들이 광고하는 과자를 사 먹고…… 참 다채롭게도 덕질했다.

그 뒤로도 나는 쭉 다양한 분야를 덕질했다. '스타크래프트'라는 게임이 전국을 휩쓸었던 시절에는 한 프로게이머의 팬이었고, 내가 만든 치어풀(프로게이머 모니터 옆에 팬들이 만든 응원 이미지를 출력해서 놓는 것) 배너가 운 좋게 방송을 탄 적도 있었다.

또 다른 덕질은 라디오와 십자수였다. 그 시기엔 라디오를 들으며 십자수를 놓느라 밤을 새는 일이 잦았다. 내가 좋아하는 연예인이 라디오에 나오길 기다리거나, 사연을 보내 당첨되어 선물을 받은 적도 있었다. 내가 한 모든 덕질에는 이유가 있었다. 라디오와 십자수의 매력은 '정직함'이었다. 시간을 투자한 만큼 들을 수 있는 라디오와 실을 꿰매는 만큼 결과가 눈에 보이는 십자수 작업은 내게 큰 매력으로 다가왔다.

성인이 되면 덕질을 멈출 줄 알았건만, 대학생이 된 후엔 B.A.P라는 아이돌 그룹에 빠지고 말았다. 이쯤 되면 나의 몸속에는 덕후 DNA가 흐르고 있는 것이 아닐까? 사실

우리 모두의 몸속에는 덕후 DNA가 있고, 우리는 모두 누군가의 덕후일지도 모른다는 상상을 해본다.

'덕질'이라는 단어가 거창하게 느껴질지도 모르겠으나, 이는 의외로 우리 일상 곳곳에 깃들어 있다. 힘들고 우울할 때 좋아하는 가수의 노래를 듣고, 멋진 그림 작품을 관람하는 일. 유행하는 드라마와 영화를 보고 단골 카페에서 즐겨 먹는 커피와 디저트를 주문하는 일도 덕질의 일종이라고 할 수 있다.

이런 소소한 덕질이 모여 한 사람의 취향이 만들어진다. 그렇게 만들어진 취향은 이내 그 사람의 삶 자체가 된다. 이런 삶의 조각조각을 세밀하게 잘 살펴보고 내 마음과 대화를 나누다 보면 내가 하고 싶은 일이 무엇인지, 내가 어떤 일을 잘할 수 있을지 판단하는 기준을 마련하는 계기가 될 수도 있다. 단순히 어느 짧은 시절의 덕질로 끝날 수도 있지만 직업으로 발전할 수 있는 가능성과 잠재력이 있기 때문에 가볍게만 여길 필요는 없다고 생각한다.

예를 들어, 축구를 좋아한다면 축구와 관련된 일을 하는 쪽으로 업종이나 직무를 생각해볼 수 있다. 축구선수 외에도 축구 중계를 한다던가, 축구용품 회사에 입사한다던가, 아니면 스포츠 기자가 되어 기사를 쓰거나 축구 관련 유튜브를 운영하는 등 다양한 길이 있다. 직업을 선택할 때 여러 가지 생각해봐야 할 기준이 많지만 자신의 덕심을 자극하는 분야에서 일하는 것도 좋은 기준 중 하나라고 생각한다. 본인이 잘 알고, 좋아하는 분야에서 일하게 되면 그만큼 뛰어난 성과를 낼 수 있는 확률이 더 높아진다. 무언가를 좋아하는 감정은 사람의 삶을 더욱 활기차게 만들어주는 엄청난 힘이 있다.

좋아하는 일을 직업으로 삼으면 힘들다고 말하는 사람들도 있지만, 다른 사람들의 말만 듣고 내가 좋아하는 분야로의 도전을 주저하지는 않았으면 좋겠다. 혹시 지금 이런 이유로 도전을 망설이는 사람이 있다면 일단 해보라고, 우선 저질러보라고 이야기하고 싶다. 세상에는 해보지 않으면 알 수 없는 것들이 너무나도 많으므로. 당신의 덕질이 누군가에겐 덕질의 대상이 될지도 모른다.

프로 이직러의 대학 생활

"한 우물을 파는 게 좋은가, 아니면 여러 우물을 파는 게 좋은가?"

이는 내가 즐겨보는 예능 프로그램 '유퀴즈 온 더 블록'에 나온 질문이다. 만약 내가 이 질문을 받았다면, 아주 단호하게 "일단 여러 우물을 파보는 게 좋다"고 대답했을 것이다. 여러 분야를 직접 경험해야만 나와 잘 맞는 게 무엇인지, 어떤 부분에서 내가 흥미를 느끼는지 알 수 있다. 한 우물을 파는 일은 그 다음에 해도 늦지 않는다고 생각한다.

대학교 전공을 중국어로 선택한 이유는, 단지 전망이 좋고 취업이 잘 될 거라는 예상 때문이었다. 나의 적성은 전혀 고려하지 않은 선택이었기 때문에, 학교를 다니면 다닐수록 중국어와는 점점 멀어졌다. 대신 평소 관심 있던 신문방송학과로 전과했다. 신문방송학과 수업은 정말 재밌었다. 광고나 신문, 방송과 사진에 대해 배우기도 했다. 내가 좋아하는 방송과 미디어를 깊게 배울 수 있는 점이 흥미롭게 느껴졌다.

전과 후 나는 체코 수도인 프라하에서 네 시간 정도 떨어진 즐린Zlin이라는 소도시로 교환 학생을 가게 되었다. 그때가 내 인생에서 가장 걱정 없고 마음 편한 시간이었다. 다른 학생들과 함께 파티에 참석하고, 날이 좋으면 근교로 기차 여행을 가고, 따뜻한 햇살 아래에서 한가롭게 커피나 맥주를 마시기도 하고, 공원 근처 분수에서 뛰어노는 아기들을 구경하기도 하고……. 그 시간이 즐거웠던 이유 중 하나는 골칫거리였던 취업 문제에서 해방될 수 있었기 때문이 아닐까 싶다.

그렇게 1학기가 끝나고, 한 달간의 유럽 여행까지 마친 뒤 서울에 돌아오자 애써 무시했던 미래에 대한 고민이 수면 위로 떠올랐다.

체코라는 한여름 밤의 꿈에서 깨어나, 현실로 돌아오게 된 것이다. '이제 앞으로 뭐 먹고 살지? 취업은 어떻게 하지?' 등 걱정거리들이 하나둘 생기기 시작했다.

뭐라도 해야겠다 싶은 압박감에 학교에서 취업 트레이닝을 시켜주는 잡페어 프로그램을 신청했다. 잡페어 프로그램은 하나의 팀을 꾸려서 자기 소개서와 면접, 토론 면접 등에 대비하는 과정으로 이루어졌는데 그때 만난 친구들 모두 대기업에 가기 위해 준비 중이었다. 그 분위기에 휩쓸려 나도 덩달아 대기업 마케팅팀이나 홍보팀에 지원하며 하루하루를 보냈다. 그렇게 졸업할 때까지 원서를 쓰고 셀 수 없이 많은 기업에서 면접을 보았지만 모두 보기 좋게 떨어졌다.

돌이켜보면 떨어져도 할 말 없는 상황이었다고 생각한다. 왜냐고? 나는 절박하지 않았다. 애초에 가고 싶었던 기업이 아니었으니 내가 그곳에서 무엇을 해야 하는지도 알지 못했다. 이유와 목적이 불명확한 사람을 뽑을 회사가 어디 있겠는가.

하지만 그때는 그걸 몰랐다. 그저 '왜 저 사람들은 나 같은 인재를 못 알아보지? 왜 나를 뽑지 않는 거지? 그 누구보다 열심히 일할 수 있는데……'라고만 생각하며 아쉬워했다. 하지만 세상에 도움이 되지 않는 경험은 없다. 그때 실패했던 경험 덕분에 지금 나에게 딱 맞고 즐거운 일을 찾게 되었으니까.

수험생 때는 수능 성적이 전부인 줄로만 알았고, 대학에 입학해서는 학부 성적을 잘 받는 게 제일 중요했으며, 취업 후에는 열심히 일해서 인정받는 것이 최고인 줄 알았다.

마치 뫼비우스의 띠처럼 새로운 고민은 계속해서 생겨났다. 지금 생각해보면 왜 그렇게 쓸데없는 고민을 심각하고 진지하게 했을까 싶다. 물론, 성적이 좋으면 대학 진학이나 취업이 더 수월하게 이루어질 수 있겠지만 그게 전부는 아니다. 전공 역시 마찬가지다. 맹목적인 목표는 오히려 독이 될 수도 있다.

내 주위에는 전공과 관련된 일을 하는 친구도, 전혀 관련 없는 일을 하는 친구도 있다. 그렇지만 후자의 경우가 전자의 경우보다 불행하거나 만족감이 낮은 것은 아니다.

경영자가 모두 경영학과를 졸업한 것은 아닌 것처럼, 신문방송학과를 졸업했다고 해서 다 방송국 PD나 기자가 되는 것도 아니다.

만일 자신의 전공과 하고 싶은 일이 달라 고민하는 사람이 있다면, 일단 자기 마음에 집중하는 게 어떨까? 전공과의 연관성이나 업계 전망 같은 이유는 잠시 내려두고 자기 자신의 마음을 들여다보는 시간을 갖는다면 의외의 답을 찾을 수도 있지 않을까.

엔터테인먼트
업계에
뛰어들다

취업 시장에서 몇 번의 고배를 마시는 동안 "원래 내가 좋아했고, 하고 싶었던 일이 무엇이었지?"라는 본질적인 물음으로 되돌아갔다.

나는 과거부터 현재까지 내가 쌓아온 시간의 기록을 꼼꼼하게 되짚었다. 그러자 내 모든 순간에 '덕질'이 있었으며, 덕질의 중심에는 연예인이 있었다는 것을 깨달았다. 비록 TV를 통해서만 볼 수 있었지만 그들을 응원하고 지켜볼 때만큼은 누구보다 행복했다. 그런 그들을 빛나게 만들어주는 사람이 되어 함께 일하고 싶다는 생각이 들었고,

자연스레 나는 연예기획사에 지원하게 되었다.

규모가 큰 연예기획사의 경우 1차는 실무진과, 2차는 임원진과 함께 총 두 차례의 면접을 거쳐야 한다. 그러나 규모가 크지 않은 대부분의 회사는 실무진과 임원이 함께 참석하는 면접 1차만으로 끝나는 경우가 많다. 신입 사원 면접일 경우, 질문은 일반 기업 면접과 비슷하다. 이력서 위주로 질문하고, 오래 일할 수 있는지를 집중적으로 물어본다(워낙 이직이 잦은 분야라서 그런 듯싶다). 또 주말이나 밤에도 일할 수 있는지(음악 방송은 주말과 밤을 가리지 않기 때문에), 왜 엔터테인먼트 홍보 업무를 하고 싶은지에 대한 질문이 주를 이룬다. 연예인을 가까이에서 보고 싶다는 단순한 이유로 지원한다면 면접관들이 한눈에 알아볼 수 있으니 엔터테인먼트 분야에 대한 열정과 진솔함을 잘 드러내는 것이 가장 중요하다.

누구나 이름을 알 만한 대형 기획사 몇 곳을 제외하면, 우리나라의 연예기획사는 대부분 중소 규모이다. 따라서 홍보팀 담당자가 영어로 공지사항도 쓰고, 콘서트 티켓 판매 부스에서 외국인 팬들의 질문에 답변도 해야 한다. 게다가 촬영용 소품도 준비하는 등 다양한(이라고 쓰고 '잡다한'

이라고 읽는다) 업무를 도맡아 하기 때문에 연예인이나 엔터테인먼트 업계에 대한 막연한 환상만으로 임했다가는 탈락을 면치 못할 수도 있다. 현실적인 측면을 미리 인지하고 그에 대한 질문과 답을 고민해보는 것이 좋다.

일단 가장 중요한 것은 지원하는 회사와 아티스트에 대한 공부다. 홈페이지에 들어가서 회사의 연혁이나 아티스트들의 활동을 살펴보는 것은 물론, 각종 뉴스와 무대 영상, 콘텐츠를 보고 전체적인 홍보의 흐름을 파악하는 것이 좋다. 면접에서 자주 나오는 질문 중 하나는 '우리 회사나 아티스트에 대해 아는 것이 있느냐'는 것이다. 이 질문은 면접자의 관심도를 알아보려는 의도이니 최대한 자세하게 대답한다면 면접관에게 어필할 수 있을 것이다.

나의 첫 아이돌

내가 연예기획사에 입사해 처음 맡은 업무는 새로운 앨범의 쇼케이스 준비였다. 쇼케이스는 새로운 앨범이 나오면 기자들을 초청하여 무대를 선보이는 자리이다. 많은 사람들의 노고가 담긴 앨범을 세상에 공개하는 행사이기 때문에 굉장히 중요한 업무 중 하나이다.

물론 나는 신입 사원이었기 때문에 팀장님 옆에서 인쇄물이나 준비물인 소품들을 점검하는 일을 했다. 입사 후 참여한 첫 행사여서 긴장한 탓에 쇼케이스가 끝날 때쯤엔 온몸에 힘이 다 풀리고 말았지만, 다행히도 그 앨범이 잘

돼서 1위도 하게 되었고, 그 덕분에 1위 가수를 홍보했다는 경력을 쌓을 수 있었다.

홍보팀 직원은 아티스트의 스케줄을 따라가는 업무가 많지 않아서 아티스트와 그렇게 친하게 지내지는 못했다(회사에서 아티스트와 직원들이 친하게 지내는 것을 그다지 좋아하지 않기도 했다). 비록 친해지지는 못했지만 업무 상 자주 만나게 되면서 아티스트의 일상을 지켜보게 됐다.

당시 소속 아티스트였던 한 아이돌 그룹은 무대 위에서의 멋있고 프로페셔널한 모습과 달리 평소 모습은 '프로'와는 다소 거리가 있었다. 10대 후반에서 20대 초반이었던 그들은 대본을 제대로 보지 않고 마음대로 진행한다거나 고심해서 기획한 아이템이 마음에 들지 않는다며 투덜대는 일이 많았다. 말은 어찌나 많은지, 한때 그들을 조용히 시키는 게 주요 업무처럼 느껴졌을 정도다. 그렇지만 막상 촬영을 진행하면 결과물은 항상 만족스럽게 나와서 뿌듯하기도 했다. 촬영용 소품을 갖고 장난치거나 노는 모습을 보고 있으면 연예인이 아닌 평범한 또래 친구들처럼 느껴지기도 했다.

그들의 앨범 맨 뒤에 남아 있는 내 이름 세 글자는 그 당시를 추억할 수 있는 물건 중 하나이다. 앨범 맨 뒤에는 앨범 제작에 참여한 사람들의 이름이 새겨져 있다. 앨범이 발매되고 나면 회사에서는 아티스트의 싸인을 받아서 직원들에게 나눠주곤 했는데, "항상 감사하고 앞으로도 잘 부탁드릴게요"라고 적힌 문구에 내심 감동 받았던 기억이 있다.

누나,
우리 참
지랄맞았죠?

시작이 있으면 끝도 있는 법. 나의 첫 직장이었던 연예기획사에서도 퇴사하는 날이 찾아왔다. 이제는 그날의 기억이 많이 흐려졌지만, 여전히 선명하게 남은 목소리가 하나 있다. 평소 엄청 무뚝뚝했던 한 아이돌 그룹 멤버가 내게 했던 말이다.

그는 내게 마지막 인사를 건네며 "누나, 우리 참 지랄맞았죠?" 하고 웃었다. 다른 멤버들과도 작별 인사를 나눴지만 내 기억에 남은 것은 오직 저 말뿐이다. 그 말이 왠지 가슴에 와닿았다고 할까?

사실 누구보다 멤버들이 제일 힘들었을 것이다. 앨범 준비하고 스케줄하느라 잠도 제대로 못 자고 힘든 상황인데 홍보팀에서는 사진 찍어야 된다며 매일 붙어 다녔으니 얼마나 힘들고 지쳤을까. 나였어도 마냥 생글생글 웃으면서 직원들을 대하기는 힘들었을 것이다.

컨트롤하기 힘든 것은 아이돌이나 가수뿐만이 아니었다. 배우들도 마찬가지였다. 경력이 많거나 연배가 높은 배우들에게 말을 전달할 때는 말투나 목소리 톤마저 고민해야 했다. 아무래도 또래나 어린 친구들에게 이야기하는 것과는 다르므로 조심스러워질 수밖에 없었다. 게다가 배우들은 저마다 고유의 이미지가 있기 때문에 홍보 활동 시 더 유의해야만 한다.

예를 들어, 진중한 이미지의 배우에게 친근하고 귀여운 느낌의 포즈로 사진 촬영을 요청해야 한다면 시작도 전에 걱정하는 마음을 안고 업무를 진행하게 될 수밖에 없다. 다행히도 큰 트러블이 있었던 경험은 없지만 평소에도 콘텐츠를 많이 찍는 아이돌과는 확실히 다른 점이 있었다.

한번은 큰 키와 긴 다리가 장점인 배우를 어필하기 위

해 기럭지를 강조하는 콘셉트의 사진을 찍어야 했던 적이 있다. 그래서 그 배우에게 특정 포즈를 취해달라고 이야기 했더니, “그건 OOO 선배님이 며칠 전에 찍어서 기사 많이 나왔던데 안 하면 안 되나요?”라는 답변이 돌아왔다. 그 선배를 따라 하는 것 같아서 하기 싫다는 말이었다.

그 배우가 간과한 점은 두 가지였다. 하나는 비슷한 포즈일지는 몰라도 엄연히 다른 콘셉트라는 것, 또 하나는 오히려 비슷한 콘셉트 덕분에 선배 배우와 묶여서 기획기사로 실릴 수도 있었다는 것이다. 이렇게 실제 실무에서 어떤 요청에 대한 배우들의 피드백을 받을 때, 모두 긍정한다는 가정은 버리고, 부정적 답변에 대해 의연하고 유연하게 대처할 줄 알아야 하는 것이 연예기획사 홍보인의 숙명이다.

반대로 누구보다 자신의 홍보 기사를 더 많이, 더 자주, 더 최선을 다해서 써주기를 바라는 배우도 있었다. 작은 회사는 아티스트보다 직원의 수가 더 적은 경우도 있다. 홍보팀 인원은 한정되어 있기 때문에 현장이 겹치면 한 명의 스케줄을 선택해야만 하는 순간이 찾아온다. 만일 스케줄이 서울과 지방으로 나뉜다면 가까운 서울을 택하는 경우가 대부분이다. 아무래도 지방까지 가게 되면 시간과 비용이 많이 들기 때문에 회사에서도 아주 특별한 경우가 아닌 이상 지방으로 내려가는 것을 선호하지 않는다.

언젠가 소속 배우 두 명의 스케줄이 겹친 날이 있었다. 한 명은 수도권, 한 명은 지방에서 진행되는 촬영이었다. 드라마 화제성이나 작품 내에서 배우의 비중과 촬영장과의 거리 등을 종합적으로 따져 보았을 때 수도권에 있는 스케줄을 가는 것이 더 이득이었다. 그런데 지방에서 촬영이 잡힌 배우가 본인이 나오는 장면이 이번에 굉장히 중요한 장면이고, 어필할 수 있는 내용이 많으니 홍보팀에서 꼭 와주었으면 좋겠다고 부탁하는 바람에 결국은 지방까지 내려가야만 했다.

회사에 다니면 여러 분류의 사람을 만나게 된다. 세상은 넓고, 그만큼 다양한 사람이 있다는 건 연예계에도 해당되는 말이다. 홍보팀의 요청에 심드렁한 사람, '저 사람 혹시 나한테 화났나?' 싶을 정도로 퉁명스럽게 받아치는 사람, 과도한 요청을 하는 사람 등 정말 다양하다. 이렇게 다양한 사람들이 한곳에 모이는 공간이 바로 연예기획사이다.

연예기획사 직원은 단시간에 이들의 성향을 파악하고 맞춤형으로 대하는 게 중요하다.

이 자리를 빌려, 나의 첫 연예기획사 소속 아이돌이었던 그 친구들에게 한마디 하고 싶다.

"지랄맞았던 거 알긴 알았다니 그나마 다행이다. 그래도 너희들이 천성이 나쁜 아이들은 아니란 거 알아. 덕분에 1위 가수 홍보도 해보고, 난생처음 해외 출장도 가보고, 음악 방송 대기실에도 가보고 그냥 일반 직장인이었다면 하지 못했을 특별한 경험을 하게 해줘서 고마웠어. 가끔 TV에서 너희들 노래가 나오면 괜히 한 번 더 귀를 기울이게 되고, 그때 기억도 떠올리게 되더라. 너희는 아마 지금은 나를 기억하지 못하겠지만 내 인생 첫 회사, 내 인생 첫 아이돌이 되어줘서 고마웠어."

배우 소속사는
좀 다를 거야

연예기획사 홍보팀 직원으로 일하면서 뿌듯하고 감동적인 추억도 많이 쌓았지만 그만큼 몸과 마음이 힘든 순간도 많았다. 밤낮의 구분이나 주말도 없이 계속 일해야 하는 상황에 너무 많이 지쳐 있었고 그곳에서 벗어나고 싶었다. 하지만, 배운 게 도둑질이라고 했던가? 고민 끝에 이직한 곳은 배우 소속사였다.

당시 나에겐 '배우 소속사는 뭔가 다를 거야'라는 막연한 환상이 있었다. 가요에 비하면 영화나 드라마는 정적인 분야처럼 느껴졌기 때문일까, 조금 더 차분하고 조용하게 일할 수 있을 것만 같았다.

그러나 예상과 달리, 홍보하는 대상이 가수에서 배우로 바뀌고 상대하는 기자가 가요 기자에서 방송이나 영화 기자로 바뀌었다는 점 외에는 크게 달라진 것이 없었다. 아이돌 가수의 주말 음악 방송은 없어졌지만, 대신 주말 드라마를 모니터링해야 했고, 늘어난 외부 스케줄 탓에 현장에 나가는 시간이 많아졌다. 사무실에 너무 오래 있다 보면 외부 스케줄이 그리울 때가 간혹 있긴 했지만 드라마 촬영 현장은 대기 시간이 너무 길어서 기다리다가 지치는 경우가 많았다. 또, 스튜디오가 아니라 외부 촬영이 있는 스케줄이라면 더위와 추위도 피할 수 없는 큰 장애물이었다.

배우 매니저들 또한 의외의 복병이었다. 대외적인 이미지는 시크하고 차가웠지만 실제로는 굉장히 친절한 배우가 있었는데, 정작 그의 매니저가 배우의 평판을 다 흐려놓고 다녔다. 그는 홍보팀 직원이었던 나는 물론이거니와 외부의 관계자들이 요청하는 사항에 대해서 "우리 배우는 이런 거 못 합니다"라는 뉘앙스로 거절하는 경우가 많았고, 그러다 보니 배우에 대한 평판은 점점 나빠졌다. 내가 좋은 사람이라고 해서 내 주변에 좋은 이들만 모이는 것은 아닌 것처럼, 연예계 또한 마찬가지이다. 배우의 매니저들이 갑질 아닌 갑질을 펼쳐 업무 진행에 어려움을 겪는 일도 흔하게 겪었다.

아이돌 기획사에 있을 때는 가요 기자들이 세상에서 제일 무서운 줄 알았는데 배우 기획사에서 일하면서 진짜 무서운 존재는 방송 담당 기자라는 사실을 깨달았다. 어떤 드라마에 캐스팅되었다는 단독 기사가 뜨면 홍보팀 직원의 전화기에는 불이 난다. "그 배우가 캐스팅된 것이 맞냐"라는 질문부터 시작해서 "왜 나한테 먼저 알려주지 않았느냐"는 불만 섞인 전화까지 응대해야 한다. 그게 출근을 준비하는 아침이든, 퇴근 후 밥을 먹고 있는 저녁이든 상관없이 말이다.

또 이렇게 이야기하는 기자도 있었다. "OOO 배우가 XXX 배우랑 만난다던데 진짜예요? 지금 아니라고 했는데 나중에 맞다고 기사 나면 큰일 날 줄 아세요!" 어찌나 강압적인 말투였던지 아직도 그 싸늘한 목소리가 생생하다. 가요 기자들을 상대하면서 멘탈이 많이 강해졌다고 생각했는데 아직 한참 모자랐다는 걸 깨달은 순간들이었다.

엔터테인먼트 홍보 업무는 겉으로는 화려해 보이지만 그 어느 업계보다 치열한 상황의 연속이다. 위에서는 유유자적 우아해 보이지만 물 아래에서는 열심히 발길질해야만 물에 떠다닐 수 있는 백조처럼 말이다.

연예기획사 홍보팀 직원의 하루

주말과 공휴일 근무는 연예기획사에서는 특별한 일이 아니다. 본래 연예기획사 홍보팀의 근무 시간 자체가 부정확한 경우가 많고, 소속 연예인들이 나오는 방송은 주말이나 휴일을 가리지 않으니 쉴 틈 없이 모니터링을 해야 하기 때문이다.

또한, 홍보팀은 가끔 새벽이나 주말에 현장으로 출근하는 경우도 있다. 워라밸과 개인 시간을 중요하게 생각하는 사람이라면 아마 엔터테인먼트 업계와는 맞지 않을 확률이 높다. 처음부터 워라밸을 포기하고 입사하는 것이 어쩌면 더 마음 편할 수도 있다.

연예기획사 홍보팀으로 일하면서 주로 진행했던 업무는 해당 가수 기사나 방송 모니터링, 리뷰 기사 보도자료와 컴백 보도자료 작성 및 배포, SNS 콘텐츠 기획, 촬영 소품 준비, 기자 회견과 쇼케이스 준비, 기자 응대 등으로, 간단히 말하자면 해당 아티스트의 홍보와 관련된 모든 일이다. 포털 사이트에 이름을 검색하면 나오는 인물 검색 정보도 홍보팀에서 변경한다. 새로운 프로필이 나오면 사진을 교체하고, 잘못된 정보나 관련 없는 연관 검색어가 있을 경우 포털 사이트에 수정을 요청하는 일도 홍보팀의 몫이다.

만일 소속 배우가 드라마 촬영 중이라면 드라마별로 개설된 다음Daum 카페에 올라온 일정표와 대본을 미리 파악해야 한다. 파악 후엔 해당 배우의 활약이 예상되는 장면이나 극적인 장면 등 현장에서 뽑을 소스가 많을 것 같은 장면을 사전에 염두에 두고 콘텐츠를 기획한다. 내부적으로 컨펌이 완료되면 그 장면을 촬영하는 날에 맞춰 현장에 방문한다. 현장에서는 기삿거리가 될 콘텐츠를 촬영하고 정리해서 보도자료로 만든다. 드라마 외에도 기업 행사나 광고 촬영 등 특별한 이벤트가 있는 날에는 직접 사진이나 영상을 촬영해 보도자료의 콘텐츠로 제작하기도 하고, SNS에 업로드하기도 한다.

대형 연예기획사의 경우 각 포지션의 업무가 세세히 분업화되어 있겠지만 대부분의 중소 연예기획사에서는 한 사람이 여러 가지 업무를 해야 한다. 나 또한 홍보팀이었지만 각종 행사에 차출되어 잡다한 업무를 해야 할 때가 많았다.

지금 생각해보면 적디적은 월급을 받으면서 어떻게 그 많은 업무를 다 했나 싶다. 하지만 후회는 없다. 그때 아니면 내가 언제 월드 투어 기자 회견을 준비해보고, 해외 공연 홍보를 위한 출장을 가볼 수 있었을까? 연예기획사에서 일하지 않았다면, 콘서트에 온 팬들의 환희와 행복에 찬 얼굴을 보며 뿌듯한 감정을 느낄 일도 없었을 것이다. 그러므로 후회는 없다.

연예기획사 직원이 아닌 나의 하루는 앞으로도 계속될 것이다. 남은 나의 하루에 후회를 남기지 않기 위해서 나는 안 하고 후회하기보다는 하고 후회하는 쪽을 선택하고자 한다. 이 글을 읽는 여러분 또한 그러길 바란다.

연예인에 대한 환상을 버려라

종종 연예기획사에 환상을 갖고 있는 사람들을 만난다. 그러나 연예인도 우리와 똑같은 사람이다. 너무 큰 환상을 갖고 업계에 들어오면, 괜한 실망감만 쌓여 좌절을 느낄 수도 있다는 말을 해주고 싶다.

나도 연예기획사에 입사하기 전까지는 연예인에 대한 환상이 있었다. 연예인들은 TV에서 보는 것처럼 항상 멋있고 예쁘고, 성격도 좋을 것 같고, 친절할 것만 같았다. 그런 생각들은 저 멀리 치워버리고, 연예인도 똑같은 사람이라고 생각하는 게 마음이 편하다.

특히 엔터테인먼트 업계는 이직이 잦아서, 연예인들도 오래 함께한 직원이 아니면 마음을 열지 않고 가깝게 지내려고 하지 않는 경우가 많다. 정을 주지 않는다고 할까? 물론 모두가 그런 것은 아니다. 항상 같이 다니는 매니저들이나 헤어스타일리스트, 메이크업 스텝들과는 친하게 지내거나 속 이야기를 털어놓는 경우도 있다. 그러나 이런 경우는 매일 붙어 다니기 때문에 가능한 특수성이다.

연예계 생활을 함께 시작한 홍보팀 팀장이나 임원의 경우 좋은 관계가 계속 이어지는 경우도 있다고 한다. 연예인들이 계약 만료 후 함께 오래 일했던 임원을 따라 회사를 옮기거나 그들과 아예 회사를 차리는 바로 이런 이유 때문이다. 그만큼 오랜 시간 공고하게 다진 관계이기 때문에 가능한 일이므로, 고작 1, 2년 함께 일한 것으로 연예인과의 친분을 기대해서는 힘들다.

연예기획사 직원으로서 경계해야 할 것은 '현타 오는 순간'이다. 앞에서 말했듯이 연예인도 우리와 같은 사람이다. 그러나 다른 점이 있다면, 그들은 외적으로 출중하며 일반인과 수익의 단위가 다르고 대중적으로 많은 사랑을 받는

다는 것이다. 완벽해 보이는 그들과 일하다 보면 문득 현타가 찾아오기 마련이다. 그 감정을 참느냐 못 참느냐에 따라 엔터테인먼트 업계에서의 생존 여부가 결정되기도 한다.

결과적으로 나는 '현타 오는 순간'을 견디지 못하고 연예기획사를 떠나게 되었다. 엔터테인먼트 업계에 대한 아쉬움은 남았지만, 떠난 사실 자체를 후회하지는 않는다.

그러나 사람마다 성향은 다를 수 있으므로 빠른 변화 속에서 사람들과 부딪히며 생동감을 느끼고 싶다면 엔터테인먼트 업계를 경험해보는 게 좋을 것 같다. 자기의 성향과 잘 맞는지를 확인한 다음에 긍정적이라고 판단되면 계속 엔터테인먼트 업계에서 일하면서 더 큰 꿈을 꾸는 것도 좋은 방법이다.

다만, 엔터테인먼트 업계를 꿈꾸는 사람이라면 제일 먼저 연예인에 대한 장밋빛 환상을 버리는 것을 추천한다. 큰 기대감 없이 본인의 위치에서 열심히 일하다 보면 '저들도 똑같은 사람이구나'라고 느끼게 되는 순간이 찾아온다. 그 사실을 깨닫는 게 엔터테인먼트 업계에서 오래 일할 수 있는 힘이라고 생각한다. 연예인이라는 환상에서 벗어나,

자신의 직무에 대한 자신감으로 무장한다면 언젠가는 제2의 방시혁과 이수만이 되어 업계에서 이름을 떨칠 수 있을지도 모를 일이다.

2막

연예기획사 홍보 실무에 대하여

화보 촬영 현장의 매력

배우 소속사에서 일하다 보면 화보 촬영을 많이 접하게 된다. 화보 촬영의 목적은 브랜드 제품 광고와 배우의 작품 홍보로 나눌 수 있다.

여배우들의 화보 촬영은 주로 화장품이나 주얼리, 패션 관련 제품과 함께 진행되는 경우가 많다. 인기 있고 인지도 높은 연예인의 경우 매거진에서 먼저 섭외 연락이 온다. "모 브랜드와 함께 무슨 콘셉트로 화보를 진행할 예정인데, 참여할 의향이 있으십니까?"라는 내용을 전달받은 회사는 이후 진행 여부를 결정한다. 신인이거나 인지도가 낮은 연예인들의 경우에는 주로 홍보팀이나 관련 담당자들이 매체에 직접 연락하여 진행하는 경우도 있다.

매거진 화보 촬영 여부가 결정되고 나면, 해당 콘셉트에 맞게 매거진 에디터가 화보 시안을 만들어서 보내준다. 홍보팀에서는 해당 시안을 체크하고, 화보 촬영 당일 스튜디오를 찾아 조율 사항을 확인한 뒤 촬영 현장을 스케치하여 콘텐츠를 만든다.

보통 에디터들이 메인으로 화보 촬영을 진행해서 크게 변경할 사항은 없으나, 촬영 중간중간 의상이나 메이크업, 스타일에 대한 피드백을 주기도 한다. 주로 이런 피드백은 팀장급들이 커뮤니케이션하고, 실무 담당자들은 사진 촬영이나 그 외 자잘한 사항을 체크한다.

촬영이 끝나면 진행되는 인터뷰에 문제 되는 질문이나 답변은 없는지 검토하는 것도 홍보팀의 일이다. 잡지가 발행 되면 더 이상 수정할 수 없기 때문에 정말 중요한 부분이다. 한 번 뱉은 말은 담을 수 없듯이 한 번 인쇄된 매거진은 사라지지 않는다.

드라마,
영화의
제작 발표회

제작 발표회란 작품의 연출은 맡은 감독과 출연 배우, 내용 등을 대중들에게 설명하고 발표하는 자리이다.

제작 발표회가 열리기 전 홍보팀에서 제일 먼저 해야 할 일은 사전 질문 답변서 작성이다. 인터뷰 경험이 많지 않은 신인 배우들에게 사전 질문 답변서를 공유하고 연습하게 만든다.

제작 발표회 당일에는 현장 사진을 소속사 SNS에 실시간으로 업로드한다. 미처 실시간으로 공개하지 못한 컷들은 제작 발표회 후에 공개한다. 또한, 제작 발표회 중에 기자들이 어떤 질문을 하는지, 우리 배우가 어떤 답변을 하는지 체크하고, 실제로 기사가 어떻게 나갔으며 몇 건이나 나갔고, 포털사이트의 반응들은 어떤지를 수시로 확인한다.

제작 발표회에서는 라운드 인터뷰를 진행하기도 한다. 라운드 인터뷰란 큰 테이블에 둘러앉은 배우들에게 일정 시간 동안 기자들이 돌아다니면서 질문을 던지는 일을 말한다. 일반 인터뷰와 마찬가지로 배우 옆에서 기자들이 어떤 질문을 하는지, 혹시 문제의 소지가 될 만한 답변은 없는지 체크하는 일을 해야 한다.

제작 발표회가 작품의 첫 시작을 알리는 만큼, 대중들의 반응이 중요하기 때문에 모두 신경을 많이 쓰는 편이다. 그러나 신인 배우들의 경우, 기자들의 질문에 답변하던 중 "그런데 두 번째 질문이 뭐였죠?"라는 식으로 되묻는 일도 빈번하다. 배우들도 사람이니 긴장하면 질문을 잊을 수도 있지만, 좋은 인상을 주지는 못할 것이다. 그러므로 홍보팀 직원이라면 발표회 전에 기자들의 질문을 꼼꼼히 기억해서 연예인에게 미리 알려주는 것이 좋다.

드라마와 영화 제작 발표회를 많이 접해봤지만, 그중에서도 영화 제작 발표회가 끝난 뒤 배우들과 감독이 다 함께 모인 뒤풀이 모임에 참석했던 일이 기억에 남는다. 유명한 감독과 가까운 곳에서 이야기를 나눌 수 있다는 게 신기하기도 했고, 영화를 좋아하는 사람들과 함께 밤새도록 영화 이야기를 나누며 뜻깊은 시간을 보냈던 기억이 있다. 물론, 뒤풀이 또한 업무의 연장선이라 마냥 신날 수는 없었지만 말이다.

영화 관계자들은 자신들의 일에 굉장한 자부심을 가지고 있고, 영화에(좋은 의미로) 미쳐 있는 사람들이 많은데, 그들의 이야기를 듣는 것 자체가 굉장히 흥미로웠다. 한 분야에 몰두한 사람만이 뿜어내는 그 당당함과 좋은 에너지가 아직도 기억에 남는다.

언론사 인터뷰 프로세스

영화가 개봉하면 홍보를 위해 인터뷰를 진행한다. 드라마도 마찬가지이지만, 영화와 달리 종영 후에 진행되는 경우가 많다. 영화 인터뷰는 카페를 통째로 빌려서 오전부터 오후까지 쭉 인터뷰를 진행하는 게 일반적이다.

신인이거나 인지도가 낮은 배우들은 주로 일대일 인터뷰로 진행하고, 인지도 높은 배우들은 다대일로 주로 진행한다. 카페 대관 인터뷰의 장점은 기자들이 기사를 마감하거나 수정할 수 있는 공간이 있다는 점이다.

모든 언론사 인터뷰에서 홍보팀의 가장 중요한 업무는 꼼꼼한 스케줄링이다. 이를 위해 평소 서로 사이가 좋지 않은 기자 목록을 알고 있으면 유용하다. 사이가 좋지 않은 기자들을 겹치게 배정하는 실수를 피할 수 있다. 인터뷰 도중에도 혹시 문제 되는 질문이나 답변은 없는지 꼼꼼히 체크해야 한다. 기사가 나가고 난 뒤에 수정 요청을 할 수도 있지만, 워낙 정보가 빠르게 퍼지는 인터넷의 특성을 고려해, 곤욕을 치르지 않도록 사전에 체크하는 것이 중요하다.

드라마 인터뷰는 언론사에서 먼저 요청이 오는 경우가 대부분이다. 다만, 홍보팀이 직접 언론사에 연락해서 인터뷰가 가능한지 문의하는 경우도 있다. 보통 신인 배우일 때 기획사에서 먼저 움직인다. 그다음 언론사에 방문하여 인터뷰를 진행한다. 인터뷰 사진 촬영은 언론사 내부 스튜디오에서 인터뷰 전에 진행하기 때문에 헤어나 메이크업 스태프가 동행하기도 한다.

배우가 할 말이 없어지거나 질문을 듣고 곤란해하는 상황이라고 판단되면 중간에 끼어들어 분위기를 전환하는 것도 한 가지 방법이다. 이 또한 인터뷰하는 기자의 성향

파악이 우선시된 후의 일이지만.

가장 기본적이고도 중요한 것은 시간 약속을 잘 지켜야 한다는 점이다. 만약 약속시간보다 늦게 된다면 미리 연락해 양해를 구하는 성의라도 보여야 한다. 언론사 주소를 미리 파악하는 것도 중요하다. 실수로 이전 주소지에 찾아가더라도 현주소와 거리가 그리 멀지 않으면 괜찮겠지만 만약 멀리 떨어져 있다면…… 상상만으로도 아찔해진다.

콘서트 기자 회견과 프레스 초청

나의 첫 연예기획사는 아이돌 기획사였기 때문에 팬미팅이나 콘서트를 열 일이 많았다. 콘서트가 개최되면 홍보팀은 기자 회견 준비와 프레스 초청(기사 작성을 목적으로 가요 담당 기자들을 콘서트에 초청하는 일.)을 하게 된다. 콘서트야말로 가수와 팬이 대면하는 자리이기도 하고, 팬들의 생생한 반응을 즉각적으로 느낄 수 있는 매력적인 현장이다.

나도 어느 가수의 팬이었고, 가수의 공연을 보면서 감동과 행복을 느껴본 사람이기에 콘서트를 즐기는 기분이 어떤 기분인지 잘 알고 있다. 그래서 콘서트 현장에 일을 하러 가면 그렇게 뿌듯할 수가 없다. 무대 위에서 열심히 하는 가수를 보면 더 그런 기분이 배가 되기도 한다.

콘서트 시작 전 기자 회견을 하는 이유는 언론에 홍보할 만한 큰 이벤트가 있을 때이다. 회사에서 기자 회견을 하기로 정하면 홍보팀에서 기자들에게 초청 메일을 보낸다. 일시, 장소, 담당자 연락처, 안내사항 등이 담긴 초청 공문을 작성해서 가요 담당 기자들에게 참석 여부를 회신 달라는 멘트와 함께 메일을 전송한다. 기자들은 이직이 잦기 때문에 프레스 리스트는 수시로 업데이트하는 것이 좋다.

그렇게 기자 회견 참석 회신이 오면 매체명, 기자 이름 등을 정리해서 참석 리스트를 만들고, 인원수에 맞게 기자 회견 장소를 준비하면 된다. 준비물에는 의자, 테이블처럼 기본적인 것부터 생수와 기자 회견 관련 자료 등 사소하지만 꼭 필요한 것들이 있다. 프레스 관련 행사에서 가장 중요한 준비물은 멀티탭이다. 기자들의 노트북이나 전자 제품을 연결해야 하는 멀티탭은 기자 회견의 필수 아이템이다. 와이파이, 주차권 체크도 잊어서는 안 된다.

새 앨범 쇼케이스에서는 사회자로 연예인을 섭외하는

경우가 많지만, 기자 회견은 사내 홍보팀 직원이 사회를 보는 경우도 있다. 만약 기자 회견에서 사회를 보게 된다면 대본을 준비해야 한다. 그리고 사전에 미리 예상 답변을 만들어서 연습할 수 있도록 아티스트에게 준비시키는 것도 중요하다. 기자들의 질문에 당황하지 않게 사전에 준비하는 것이다. 꼭 기사화되었으면 하는 내용이 있다면, 친한 기자에게 미리 귀띔을 해두기도 한다.

기자 회견을 마치고 나면 기자들이 콘서트를 관람할 수 있도록 진행한다. 이때, 프레스 석에 앉아서 기자들을 지켜보면서 수시로 들어오는 문의 사항을 체크해야 한다. 콘서트 세트 리스트(콘서트 무대에서 부르는 노래 목록)를 사전에 기자들에게 나눠 주긴 하지만 이 곡이 어떤 곡인지, 저 멤버는 누구인지 등의 질문이 들어오는 경우가 많기 때문에 콘서트가 끝날 때까지 남아 있어야 한다. 콘서트 중간에 가는 기자들도 있으므로 신경써야 하고, 마지막까지 보는 기자들은 따로 배웅 인사를 해야 하기 때문에 끝까지 자리를 지킬 수밖에 없다.

공연이 끝난 후에는 가수 이름을 인터넷에 검색해서 관련 기사들이 제대로 나왔는지, 멤버 이름에 오타는 없는지,

문제가 되는 워딩은 없는지 확인하는 것으로 업무가 마무리된다. 종종 사진과 이름이 잘못 나오는 경우가 있는데 최대한 빨리 담당 기자에게 연락해 수정을 요청하면 된다.

콘서트 준비를 위한 업무는 챙길 것도 많고 힘들지만, 그 무엇보다 큰 충만함과 뿌듯함을 느낄 수 있다는 것이 장점이다. 아티스트를 보기 위해 공연장에 모인 수많은 사람들을 보며 그 시간에 내가 존재한다는 사실만으로 만족감을 느낄 수 있었다.

홍보의 꽃,
보도자료

김춘수의 〈꽃〉이라는 시에는 '내가 그의 이름을 불러 주었을 때 그는 나에게로 와서 꽃이 되었다'는 구절이 있다. 보도자료의 역할은 바로 이 구절로 설명이 가능하다. 보도자료는 '이 아티스트를 어떤 사람으로 봐주었으면 좋겠다'는 이미지를 입혀 대중에게 알리는 활동이기 때문이다.

보도자료는 크게 가요 프로그램과 방송(드라마, 예능 등), 촬영 현장 비하인드 사진에 대한 주제로 나눌 수 있으며 기승전결의 흐름을 갖고 있어야 한다.

기 : 프로그램 내용에 대한 정보

어느 방송사의 무슨 프로그램에서 누가 언제 나온 방송인지에 대한 정보를 전달한다.

승 : 프로그램에서 아티스트의 활약상에 대한 설명

해당 방송에서 어떤 무대 혹은 연기로 시청자들의 관심을 모았는지 설명한다.

전 : 활약한 내용에 대한 상세한 설명

방송 내용이나 스토리에 대해 자세하게 묘사한다.

결 : 마무리

아티스트의 활동 내용이나 추후 활동 사항을 언급한다.

보도자료의 내용만큼 임팩트 있는 타이틀을 정하는 것도 중요하다. 전체 보도자료 내용을 아우를 수 있으면서도 사람들의 눈길을 끄는 제목을 다는 법을 연습하면 좋다. 평소에 보도자료를 접하면서 눈길을 끄는 타이틀이라고 생각하는 기사가 있다면 저장해두고 배우는 것도 중요하다.

가요 프로그램 보도자료는 보통 가수가 무대를 하고 난 뒤, 해당 화면을 여러 장 캡처해서 가장 임팩트 있는 컷을 선정한다. 이후 2×2, 2×3 크기의 사진을 엮어서 이어 붙인

이미지와 함께 배포한다. 가요 프로그램 후에 무대가 화제를 얻거나 1위를 하게 되면 가수의 이름이나 프로그램명이 검색어에 오를 때가 있다. 이와 같은 상황을 대비해, 보도자료가 완성되는 순간 빠르게 배포할 수 있도록 실시간으로 화면을 캡처하고, 대략적인 텍스트를 작성해놓는 준비성이 필요하다. 가요 담당 기자들 또한 홍보팀에서 작성한 보도자료를 참고하거나, 보도자료 내용을 수정 없이 기사로 내보내는 경우가 있기 때문에 언제나 작성에 주의를 기울여야 한다.

연예기획사 직원이라면 소속 아티스트의 무대 내용은 이미 알고 있으므로, 빠른 보도자료 작성이 가능하다. 모든 보도자료가 그렇지만, 방송을 보지 않은 사람에게도 생생함이 느껴질 수 있는 묘사력이 필수다. 본래 어휘력이 뛰어난 사람은 괜찮겠지만, 그렇지 않은 사람이라면 평소 다양한 표현법에 대한 공부가 필요할 것이다. 결국 세 가지만 주의하면 당신도 가요 프로그램 보도자료 마스터가 될 수 있다. 빠른 작성 속도와 풍부한 어휘력, 그리고 순발력!

드라마나 예능의 경우에는 가요 프로그램보다 더 상세

한 묘사가 필요하다. 방송 전에 미리 대본을 보고(홍보팀은 드라마 대본 카페의 계정이 있으므로 미리 대본을 볼 수 있다) 소속 배우가 돋보이는 부분을 캐치한다. 이후 방송을 보고 포인트를 수정할 부분이 있으면 수정하고, 더할 부분은 더해서 보도자료를 작성한다. 드라마는 캐릭터에 대한 높은 이해력이 특히 중요하고, 설명도 더욱 상세하게 그려내야 한다.

"이 드라마에서 우리 배우는 어떤 역할인데, 어제 방송에서는 악역 캐릭터를 더욱 맛깔나게 살려서 안방극장을 사로잡았다"든지, "스토리에 빠져들게 만드는 감정 연기로 시청자들의 눈물샘을 자극했다" 등의 상세한 묘사가 필요하다. 드라마 리뷰 보도자료는 다른 배우 홍보팀에서 작성한 보도자료를 참고해서 계속 공부하는 게 중요하다.

예능 역시 무엇보다 생생한 묘사가 중요하다. 해당 회차의 내용, 소속 연예인의 활약상, 유난히 돋보였던 멘트와 호응 등을 최대한 생생하게 표현하는 것이 좋다. 작품이나 배우가 인기를 얻으면 해당 보도자료가 네이버 메인에 뜨거나 이슈되는 경우가 많다. 내가 쓴 기사가 네이버 메인에 떠서 좋은 호응을 끌어냈을 때는 이루 말할 수 없는 뿌듯함과 기쁨을 느꼈다.

촬영장 비하인드 사진은 드라마나 영화, 화보 촬영장 스케치 현장 이미지 중에서 대중의 관심을 끌 수 있으리라 예상되는 이미지들을 위주로 편집한다. 사진 속 상황이 어떤 상황인지, 우리가 왜 이 이미지를 선택했는지, 이 이미지로 배우의 어떤 면을 부각시키고 싶은지를 설명하여 작성하면 된다. 만일 날카롭고 차가운 이미지가 고민인 배우라면, 드라마 촬영 현장에서 보여준 귀엽고 친근한 이미지의 사진들을 모아서 엮는다. 그리곤 "OOO 배우의 반전 매력! 귀엽고 친근한 이미지로 촬영 현장 훈훈!" 같은 식으로 어필하고자 하는 배우의 캐릭터를 위주로 타이틀을 작성해주면 좋다.

보도자료도 글쓰기의 한 부분이므로, 무조건 많이 읽고, 많이 써보는 것이 중요하다. 연예기획사 홍보팀에서 일하면서 스스로를 보도자료 쓰는 기계라고 소개할 수 있을 정도로 많이 작성해본 덕분에 다른 업계로 이직한 후에도 글을 빠르게 잘 쓴다는 평가를 받을 수 있었다.

보도자료 중에는 드라마나 영화 캐스팅에 발탁된 소감이나 본방 사수 독려, 종영 소감 등도 있다. 본방 시청 독려와 종영 소감은 매니저를 통해 1차로 받은 배우의 소감을 토대로 내용을 작성하고, 보도자료와 함께 릴리즈되는 사진은 촬영 현장에서 대본을 들고 있는 모습 등 보도자료 내용과 관련된 컷을 사용한다. 보도자료에는 촬영 현장과 관련이 없는 내용이 들어갈 때도 많다. 연예인이 스타일 변신을 한 경우나 성격, 전작 캐릭터와 현재 캐릭터의 비교 등 다양한 내용과 콘셉트로 기획도 가능하다.

보도자료의 내용을 더 풍성하게 만들고 싶다면 직접 배우에게 인터뷰 질문지를 전달해도 좋다. 캐릭터에 몰입하기 위해 어떤 노력을 했는지, 캐릭터 표현을 위해 가장 중점을 둔 점은 무엇인지 등의 내용을 받아서 살을 붙여서 내보내기도 한다.

홍보팀은 영화나 드라마 홍보사에서 작성한 배우 관련 보도자료를 미리 확인하는 일도 한다. 또한, 프레스 리스트업(보도자료를 보낼 기자들의 리스트를 작성하는 일)도 기본적인 업무 중 하나이다. 보통의 회사에는 프레스 리스트가 다 있지만, 프레스 리스트업을 처음부터 해야 하는 신생 기획사라면 친한 기자나 다른 회사 직원, 관계자 등을 통해서 받는 방법이 있다.

그런 방법을 사용하지 못하는 상황이라면 인터넷에 관

련 키워드를 검색해 나오는 연예 기사를 보고 메일 주소를 수집하면 된다. 대부분 기자의 메일 주소는 보통 기사 하단에 나와 있으므로 조금만 시간을 들이면 쉽게 주소를 파악할 수 있다. 기존 프레스 리스트업 파일이 있다고 하더라도 수시로 수정해주는 것이 좋다. 이직이나 퇴사 등 업데이트되는 정보와 새로운 키워드를 미리미리 정리해둔다면 분명 도움이 될 것이다.

3막

전쟁 같은 엔터테인먼트 업계에서 내가 얻은 것

1위의 기쁨

무엇이든 1위를 한다는 것은 정말 기분 좋은 경험이다. 그게 공부이든 운동이든 혹은 다른 무언가이든 1등이라는 도장은 내 가치를 인정해주는 징표이기 때문이다.

회사에서의 1등이란 그동안 내가 했던 업무에 대한 보상이라고도 볼 수 있다. 가수가 속해 있는 연예기획사에서 일하게 되면 앨범 크레디트에 이름을 올릴 수 있는 영광이 주어지는데, 그 앨범으로 1위를 하게 되면 성취감은 이루 말할 수 없이 크다.

지금도 나의 책장 한구석에는 맨 뒷장에 내 이름이 적

힌 앨범들이 있다. 엔터테인먼트 업계에서 일하면서 잦은 야근과 주말 출근으로 몸이 힘든 날도 많았고, 정신적으로 스트레스받는 일들도 있었지만 사람은 망각과 미화의 동물이라고 했던가. 가끔 앨범에 적힌 내 이름을 보고 있으면 잠시나마 옛날이 그리워질 때가 있다. 그렇다고 다시 돌아가고 싶은 마음은 없지만.

누구에게나 1등은 기쁘다. 내가 과거에 담당했던 아티스트는 인기 많은 아이돌 그룹이었다. 그래서 새 앨범을 발표했을 때 당연히 1위를 할 거라는 확신이 있었다. 그렇지만 방심하지 않기 위해 초조하게 마음 졸이며 결과를 기다렸다.

음악 방송 1위 소식을 회사에서 실시간으로 확인했을 때는, 기뻐할 새 없이 바로 보도자료를 작성해서 실시간으로 배포했다. 새 앨범 준비로 인한 야근 때문에 힘든 날들이었지만, 1위 소식 하나로 그동안의 피로가 싹 씻겨 내려가는 기분이었다. '내가 1위 가수 홍보를 하고 있다니! 나 이렇게 유명하고 잘나가는 가수를 담당하고 있는 홍보팀이야!'라는 생각에 그간의 고생했던 시간을 보상받는 것 같았다.

연예기획사의 직원이 아니었다면 이런 감정을 느낄 일은 없었을 것이다. 상대적으로 적은 급여와 밤낮없는 업무로 몸이 힘든 업계이지만, 담당하는 가수나 배우가 업계에서 1위를 하거나 실력을 인정받는 평가들이 쏟아질 때, 그때의 뿌듯함은 겪어보지 않은 사람은 모를 것이다.

엔터테인먼트 업계에서 홍보 일을 한다면 생동감 넘치고 다이내믹한 일을 많이 경험할 수 있다. 그만큼 '재미'는 보장된다. 'Entertain'이라는 단어 자체가 '즐겁게 해주다'라는 뜻이 아닌가? 남을 즐겁게 해주는 사람들을 홍보하는 일을 하니 덩달아 즐거울 수밖에.

결과적으로 나는 엔터테인먼트 업계를 떠나 다른 업계로 이직했고, 주변에도 완전히 다른 직종을 찾아가는 사람들을 많이 보았다. 물론 업계에 오래 남아 있는 사람도 많다. 업무적으로 성과를 내서 자신의 이름 석 자를 알리고 싶다는 강력한 의지가 있고 자신의 성향과 잘 맞는다면 누구든지 성공할 수 있는 분야가 바로 다름 아닌 엔터테인먼트 분야이다.

더군다나 다른 업종에 비해서 여성이 성공할 수 있는 확률이 훨씬 높은 업계라고 생각한다. 미디어를 통해 알려진 사례는 많지 않지만 대형 기획사 임원 중에는 여성의 비율이 높았다. 여성 임원들 중에는 홍보팀 사원으로 시작한 분들도 많았다. 또 엔터테인먼트 업계에는 영화, 드라마, 방송 프로그램 등의 대행사가 많은데 내가 만나 봤던 대부분의 대행사 대표님들은 여자분들이었다. 엔터테인먼트 업계에 여성 임원이 많다는 사실은 내가 직접 연예기획사에 다녀보지 않았으면 알지 못했을 것이다.

한때 내 마음속에도 그분들처럼 임원을 거쳐 대표의 자리까지 가고 싶다는 원대한 야망이 있었다. 비록 현실과 환상 사이의 차이를 좁히지 못해서 업계를 떠나게 되었지만, 누구에게나 가능성은 열려 있다는 말을 전하고 싶다.

이 포스터 가져가도 되나요?

비록 내가 주인공은 아니지만, 콘서트장을 가득 채운 팬들과 무대를 펼치는 가수를 보면 뭉클하고 벅찬 감정이 든다. 그리고 공연이 모두 끝난 뒤, 곳곳에 붙어있는 포스터를 가리키며 "혹시 이 포스터 가지고 가도 되나요?"라고 물으며 행복해하던 소녀들의 표정을 아직도 잊을 수가 없다. 포스터 하나도 소중하게 생각하는 그 예쁜 마음이, 수년이 지난 지금까지도 기억에 남아 있다.

콘서트가 열리기 위해서는 무대 뒤에서 준비하는 수많

은 사람들의 노력이 필요하다. 연예기획사에서 일하기 전에는 콘서트를 그저 즐기기에 바빴다. 그러나 내가 직접 일을 해본 뒤로는 콘서트를 볼 때마다 '담당자들이 이 무대를 준비하느라 얼마나 고생이 많았을까' 같은 생각이 먼저 든다.

홍보팀에서 콘서트를 위해 하는 업무는 콘서트 티켓 판매 페이지 문구 작성, 영문 번역(번역은 따로 담당 팀이 있거나 외주를 준다면 직접 할 필요가 없지만, 규모가 작은 회사에서는 간단한 번역은 직접 해야 할 가능성이 높다), 콘서트 개최 보도자료 작성, 기자 초청 및 콘서트 현장에서 프레스 케어, 가끔 필요할 경우 티켓 부스에서 티켓 배부 업무(프레스 초청이나 해외 팬들의 문의 답변 등), 후속 기사 체크 등의 업무를 진행한다.

'콘서트 개최 보도자료'는 말 그대로 콘서트 개최 전 배포하는 보도자료를 뜻한다. 우리 가수가 언제 어디서 어떤 타이틀로 콘서트를 개최한다는 내용이 담긴 해당 보도자료를 작성해서 언론에 보내면, 각 매체의 가요 담당 기자들이 해당 기사를 송출해준다. 초청장 공문을 만들어서 메일로 보내고, 참석 희망 인원을 체크하여 프레스 자리를 준비한다. 현장에서 오는 기자들을 안내하고, 미리 사전에 세트 리스트와 멤버들 이름, 곡 설명이나 앨범에 대한 설명 등을 담은 자료를 작성하여 웹하드에 올려놓고, 출력도 해서 현장에서 배포한다. 아무리 가요 담당 기자라고 할지라도 아이돌 멤버의 이름을 다 외울 수는 없으므로, 각 멤버 이름 기재는 꼭 필요하다.

매체 자체에서 사진 기자들이 참석해 콘서트 현장 사진을 찍기도 하지만 보통의 경우 콘서트 사진은 회사에서 제공하는 경우가 많다. 그래서 콘서트가 끝난 후에는 현장에서 포토그래퍼가 찍은 사진을 웹하드에 업로드해 사진 기자가 참석하지 않은 매체들을 위해 콘서트 사진을 되도록이면 빠르게 제공해야 한다. 만약에 현장 사진이 준비가 안 될 경우 호된 핀잔을 들을 수도 있으니 특히 주의해야 한다.

인력이 모자란 경우에는 직접 티켓 부스에서 티켓 배부를 하는 업무를 하기도 한다. 보통 일반 관객들 티켓 관련 업무는 티켓 예매처에서 따로 관리하므로, 기획사 홍보팀에서는 프레스 초청이나 회사 초청 초대권을 배부하거나 외국 팬들의 질문에 답변해주는 업무를 한다. 그때는 '내가 왜 이런 업무까지 해야 하지?'라는 생각이 들었는데, 지금은 '내가 그때 아니면 언제 그 티켓 부스 안에서 표를 나눠주는 일을 할 수 있었을까?'라는 생각이 든다. 그만큼 재미있었던 경험 중 하나였다.

공연에 빠져든 팬들의 표정을 실시간으로 지켜볼 때면 괜스레 뭉클해지곤 했다. 아마 누군가의 팬이었던 경험이 있다면 한 번쯤 느껴보았을 감정일 것이다. 수많은 사람들이 이루 말할 수 없는 행복감을 내뿜는 공연장은 말 그대로 감동의 도가니이다. 두 시간이 훌쩍 넘도록 무대 위에서 뼈가 부서져라 공연하는 가수들의 모습을 보면 마치 내 가족의 일처럼 느껴져 자랑스럽고 뿌듯한 기분에 휩싸이곤 했다.

콘서트가 끝난 후 집으로 돌아가는 사람들의 얼굴에 깃든 환희를 볼 때면 연예기획사에서 일하길 잘했다는 생각이 들었다. 사람의 마음을 움직이는 힘이 이렇게나 대단하다는 것을 깨달았던 경험들이었다.

옛날에 알폰스 무하나 툴루즈 로트렉의 광고 포스터가 너무 아름다웠던 나머지 사람들이 벽에 부착된 포스터를 뜯어갔다고 한다. 콘서트장에서 "이 포스터 가져가도 되나요?"라고 물어봤던 소녀도 그런 마음이 아니었을까? 그 공간의 온기와 그날의 분위기를 집으로 가져가서 오래도록 간직하고 싶었던 게 아닐까 생각해본다.

월드 투어를 위한 해외 출장

홍보팀에서는 콘서트나 기자 회견, 쇼케이스 등 각종 행사를 위한 장소를 대관하는 일도 진행하는 경우가 많다. 대관을 위해서는 일단 행사 목적과 수용 인원에 맞는 장소를 몇 군데 리스트업하고 가능한 날짜와 비용을 체크한다. 그중에서 행사 목적과 가장 잘 맞는 곳으로 예약하겠다고 전달하면 대관 관련 서류를 작성해야 하는데 처음에는 서류에 입력해야 할 사항이 너무 많아서 힘들었다.

행사 내용부터 시작해서 반입과 철거 예정은 언제인지, 들어오는 집기는 무엇인지, 주차권이 필요한지, 차량 등록을 위한 차량 번호 기재는 어떻게 해야 하는지……. 행사를 진행하다 보면 나중에는 머릿속에 필요한 항목이 자동으로 떠오르는 경지에 오른다.

기자 회견 전에는 예상 질의응답 내용을 준비해 아티스트에게 인지시켜야 한다. 그 외에도 사진이나 영상 기자들의 자리 안내, 물이나 음료수 준비, 와이파이 사용 여부, 콘센트 개수 확인 등 세심한 부분들까지 꼼꼼하게 챙겨야 한다.

기자 회견이 매번 출장으로 이어지는 것은 아니다. 그런 의미에서 나의 첫 해외 출장은 운이 좋았다고 할 수 있다. 소속 가수의 해외 공연에 대한 기자 회견이 끝나고 몇 주 뒤 해외 출장을 가게 되었다. 일본에서 진행된 콘서트에 가요 기자들을 초청해서 공연을 관람하게 하고, 콘서트에 대한 내용과 현장 사진 등 관련 자료를 전달하는 일련의 홍보 활동을 하기 위해서였다. 일명 '팸투어'라고 불리는 행사였다.

해외 출장의 목적은 "우리 가수가 월드 투어를 개최하게 되었습니다. 우리 가수의 멋진 공연을 기사로 실어주세요"라는 내용을 각 매체 가요 담당 기자들에게 전달하기 위해서였다.

내가 주로 했던 일은 초청된 기자들을 인솔하고 케어하고 요청 사항들을 들어주는 업무였다. 공연 시간에 맞춰 따로 마련된 프레스 석으로 기자들을 안내하자 드디어 공연이 시작되었다. 공연이 시작되었다고 바로 한숨 돌릴 수 있는 것은 아니었다. "저 멤버는 누구냐, 이 노래는 어떤 노래냐, 옆에 일본 관객들에게 공연 소감 멘트 좀 받아 달라" 등 공연 중간중간 쏟아지는 기자들의 질문에 답변해야 하기 때문에 공연이 끝날 때까지 긴장을 놓지 못했다.

콘서트가 끝난 다음은 뒤풀이 차례였다. 뒤풀이라고 안심하거나 풀어져서는 안 된다. 그날도 역시나 예상치 못한 변수가 생겼다. 원래 계획대로라면 초청된 기자 전원이 모두 모여서 예약된 식당으로 가야 했는데, 뒤풀이에 가지 않고 먼저 호텔로 가겠다는 무리가 생긴 것이다.결국 팀장님이 뒤풀이에 가지 않는 분들을 케어하여 호텔로 이동했고, 나는 혼자서 나머지 기자들을 데리고 식당으로 이동했다. 이렇게 변수가 생길 수 있다는 것을 미리 인지해야 어떤 상황에서도 대처할 수 있다는 사실도 해외 출장을 통해 깨달았다.

첫 해외 출장이라 부족한 점이 많았지만, 한국이 아닌 외국 공연장에서 해외 팬들이 공연을 즐기고 아티스트를 사랑하는 모습을 볼 수 있었던 것 자체가 소중한 경험이었다. 그뿐만 아니라 실시간으로 공연 관련 내용이 기사화되고, 기사를 통해 공연에 대한 경험을 공유하는 일련의 커뮤니케이션 안에 내가 속해 있다는 사실에 큰 자부심을 느꼈다. 연예기획사에서의 출장 업무는 업무적인 측면뿐 아니라 개인적인 성장에도 큰 도움이 될 수 있는 귀중한 경험이다.

연예인도 사람이다

연예인은 참 신기한 존재 같다. 어떨 때는 한없이 먼 다른 종족 생명체 같다가도, 어느 순간엔 항상 마주치는 옆집 이웃처럼 느껴지기도 한다. 그런데 내가 겪어 본 연예인들은 후자에 조금 더 가까웠다. 물론 일반인과 다른 면도 굉장히 많지만 생각보다 인간적이고 따뜻한 사람들이었다. 왜냐하면 그들도 어쨌든 사람이니까. 그리고 연예인이 되기 전에는 우리와 똑같은 평범한 일상을 보낸 경험이 있으니까.

스마트한 이미지에 일명 '면접 프리패스상' 외모로 인기가 많았던 한 남자배우가 있었다. 그는 말 한마디 한마디가 젠틀했고, 정이 많았다. 기획사 직원들과도 허물없이 지냈던 그는 가끔 회사에 나와서 저녁 식사를 함께하곤 했다.

그러던 어느 날 그 배우가 고기를 사서 회사로 찾아왔다. 회사에 남아 있던 직원들과 식사를 준비하던 그는 퇴근하던 나에게 같이 식사하지 않겠느냐고 물었다. 부담스럽지 않았다면 거짓말이겠지만, 내심 기분이 좋았다. 식사 대신 빠른 퇴근을 선택하긴 했지만 친분이 없는 내게도 선뜻 식사를 제안해준 그에게 고마운 마음이 들었다.

이처럼 연예인들도 의외로 귀여운 면이나 인간적인 면모를 보일 때가 많다. 그 예로, 드라마 촬영 현장에서 본 다른 소속사 배우가 떠오른다. 그 배우는 소속사 홍보팀의 지원 없이 촬영에 임하고 있었기 때문에 촬영 현장에 지원 나온 우리 회사 소속 배우를 부러워했다. 그 배우의 귀여운 투정이 아직도 기억난다. 홍보팀을 부러워했던 그 배우는 그때보다 더욱 유명해져서 현재는 소속사의 체계적인 지원을 받으며 날개를 달고 훨훨 날아가고 있다.

배우라는 이유로 허세 부리는 일 없이 최선을 다하는 사람들도 있었다. 소속 배우의 드라마 포스터 촬영 현장에서 있었던 일이다. 호흡을 맞춘 지 얼마 되지 않아 어색한 분위기에서, 남자 주인공이었던 다른 회사 배우가 분위기를 풀기 위해 본인이 가요 프로그램 MC 경력이 있다는 말을 꺼냈다. 그는 능청스러운 말투로 특유의 너스레를 떨면서 현장 분위기를 화기애애하게 만들었다. 그 상황을 지켜보고 있던 나조차도 그의 귀여운 노력에 웃음이 절로 지어질 정도였다. 그날 이후로 그가 등장하는 작품이 TV에 나오면 응원하게 되었다.

사석에선 의외의 모습을 보여주는 연예인도 있으나, 카메라 안에서의 모습이 평소와 비슷한 연예인도 많았다. 평소 차분한 성격과 연기에 대한 열정이 대단한 것으로 알려져 있었던 한 여배우의 실제 모습도 TV 속 모습과 비슷했다. 홍보 콘텐츠에 대한 어떤 내용을 요청하면 뭐든지 예상보다 더 적극적으로 임해주었고, 다 잘 들어주었다. 그리고 본인이 직접 쓴 캐릭터 연구 노트도 보여주면서 캐릭터를 표현하기 위해 어떤 노력을 했는지 직접 설명해주기도 했다. 말투도 정말 다정했고, 연기에 대한 열정도 커서 언젠가는 대성하리라 생각했던 배우였는데, 실제로도 잘

돼서 TV에서 자주 볼 수 있게 되었다.

한 배우가 미팅 장소에 오피스텔 전세 계약 서류 봉투를 들고 왔을 때는 멀게만 느껴졌던 연예인에게서 사람 냄새를 맡을 수 있었다. 서류나 계약 같은 일들은 다 남에게 맡기는 줄만 알았는데 직접 계약을 하고 왔다는 말을 들으니 새삼 '저 사람도 나와 같은 사람이었지' 하는 생각이 들며 그를 다시 보게 됐다.

몇몇 연예인들의 '갑질 논란' 등으로 인해 연예인에 대한 이미지가 좋지 않은 경향도 있지만, 연예인들 또한 무례한 몇 일반인 때문에 곤란했던 일도 심심치 않게 들을 수 있었다. 사진 대신 사인을 해주려고 하니 갑자기 화를 내고 폭력을 휘두른 사람이나, 사진 요청을 받고 촬영에 응했더니 막상 SNS에는 '실물 별로더라' 같은 식의 글을 올리는 사람도 있었다고 한다. TV에 나온다고 해서 연예인이 가상의 인물인 것은 아니다. 조금 다르지만, 우리처럼 현실을 살아가는 사람 중 한 명일 뿐이다. 그들도 욕을 들으면 기분 나쁘고 화가 나는 감정을 가진 사람이라는 것을, 우리는 종종 잊는 것 같다.

연예인이 사람인 것처럼 연예인들의 매니저도 사람이다. 매니저도 각자의 성향에 따라 천차만별로 다르다. 어떤 매니저는 개떡같이 말해도 찰떡같이 알아듣고 척하면 척 알아서 일 처리를 잘하는 반면, 어떤 매니저는 두 번 세 번 말해도 똑같은 실수를 반복한다. 내가 봤던 한 매니저는 말하지 않아도 배우가 항상 먹는 음료를 미리 챙기고, 립스틱이 묻어나지 않도록 생수 뚜껑에 빨대를 꽂아서 챙겨주고, 달콤한 디저트가 먹고 싶다고 하면 평소에 즐겨 먹던 마카롱, 에클레어 등 디저트 종류를 딱 기억해서 비슷한 디저트를 사 오는 센스를 갖고 있었다. 이런 매니저들은 연예인들이 회사를 옮길 때 함께 이직하기도 한다.

난 물건이 아니라 사람을 홍보하니까

엔터테인먼트 홍보에 있어서 최고의 마케터는 연예인 그 자체다. 그래서 연예기획사 홍보팀 직원이라면 소속 연예인들에 대해 잘 알아야 한다.

만약에 내가 핸드폰 브랜드를 홍보하는 사람이라면, 새로 출시되는 핸드폰의 스펙과 기능은 어떻게 되는지, 다른 핸드폰들과 차별화되는 디자인적인 특징은 무엇인지 등 제품 자체에 대해 세세히 공부해야 제대로 홍보할 수 있을 것이다. 이처럼 연예기획사에서도 소속 연예인을 홍보할 때 연예인에 대해서 공부하고 연구하는 단계가 필요하다.

다만, 핸드폰과 달리 연예인은 살아 있는 존재다. 그렇기 때문에 상처도 받고, 힘들 때도 있지만 오히려 위로와 공감을 얻을 때도 있다.

사람을 홍보하는 일은 물건을 홍보하는 일과 조금 다르다. 내가 홍보를 맡았던 연예인이 잘 풀리지 않으면 나도 덩달아 기분이 좋지 않다. 특히 신인일 경우 그 감정 이입 정도가 조금 더 심해진다. 가지고 있는 능력이 정말 뛰어나서 그걸 더 많은 사람들에게 보여주고 싶은데 그게 마음 같지 않거나 대중들의 반응이 없을 땐 마음이 아프다.

TV에 나오는 연예인들은 세상 누구보다 화려해 보이지만 우리가 보는 TV 속 그들의 모습은 빙산의 일각이다. 우리가 TV를 통해 보는 사람들, 또는 이름이나 얼굴을 아는 사람들은 정말 아주 잘 된 케이스다. 하지만, 이름 하나 알리지 못한 채 사라지는 연예인들이 훨씬 더 많다. 연예인 생활로는 생계를 꾸려갈 수 없어 아르바이트를 하며 불확실한 미래를 걱정하는 연예인들이 더 많다.

EXID나 브레이브 걸스처럼 늦게라도 빛을 봐서 잘 된 케이스를 보면 나와 전혀 관계없는 사람들임에도 불구하고 괜스레 뿌듯하고 기쁜 감정이 생긴다. 내가 예전에 맡았던 한 배우는 다소 강한 이미지 때문에 늘 비슷한 배역만 맡곤 했다. 누구보다 뛰어난 연기력과 표현력을 가지고 있는 배우라서 많은 사람들이 그 배우의 매력을 알지 못하는 것이 안타까웠다. 그런데 SNS를 통해 소탈한 평소 모습을 꾸준히 업로드하면서 이슈를 얻었고, 지금은 다방면으로 활약하며 많은 이들의 사랑을 받고 있다.

반면에, 데뷔까지 하고 몇 차례 앨범을 냈지만 기대했던 것만큼 반응이 좋지 못해 해체 수순을 밟고 뿔뿔이 흩어져서 연예인이 아닌 보통의 삶으로 돌아간 케이스도 있었다. 대중들의 선택을 받는 것은 참 어려운 일이다.

배우 이동욱은 이런 말을 남겼다.

"내가 가진 직업은 누군가 선택을 해주지 않으면 아무 의미가 없는 직업이다. 나의 성공은 내가 선택하는 것이 아니다. 나를 사랑해주는 팬들은 나를 아무 조건 없이 사랑해준다. 팬이 없다면 나도 없는 것이다."

배우와 팬의 교류를 통해 만들어지는 따뜻한 세계를 좀 더 끈끈하고 오래 유지할 수 있도록 도와주는 역할이 바로 홍보팀이 할 일이라고 생각한다. 누군가에게 도움을 주는 일을 한다는 것은 새로운 세상과 마주할 수 있도록 사람들을 연결하는 경이로운 일이다.

내 인생을
망치러 온
나의 구원자

내 인생을 망치러 온 나의 구원자.

영화 〈아가씨〉에 이 대사가 나온 이후, 덕질의 대상을 이렇게 부르는 일이 유행하기 시작했다. 나에게도 '내 인생을 망치러 온 나의 구원자'가 있다. 바로 음악이다.

어릴 적부터 음악에는 힘이 있다고 생각했다. 어떤 노래를 들으면 그 시절의 나의 모습과 추억이 떠오른다. 소녀시대나 원더걸스의 노래를 들으면 노래 자체에 대한 감상보다는 고등학교에 다니던 학창시절의 내가 떠오르는 것처럼 말이다.

나는 소녀시대의 〈다시 만난 세계〉를 들으면 마음 깊숙한 곳에서부터 뭉클하고 슬픈 감정을 느낀다. 〈다시 만난 세계〉 이전에는 SES의 〈Dreams Come True〉가 있었다. 그 노래를 매우 좋아했던 나는 뮤직비디오와 무대 영상을 비디오테이프로 녹화해서 돌려보기까지 했다. 그래서인지 〈Dreams Come True〉를 들으면 TV 앞에서 목이 빠져라 화면을 쳐다보며 그들의 음악을 감상했던 초등학생의 내가 떠오른다.

체코 교환 학생 시절에는 혼자 프라하 이곳저곳을 정처 없이 걷다가 낯선 언덕 위에서 김광석의 〈바람이 불어오는 곳〉을 들었다. 그때의 기억이 너무나도 좋았었는지 아직도 그때의 그 공기와 분위기가 다 기억날 정도다.

음악뿐만 아니라 영화나 드라마도 그런 힘을 갖고 있다. 내가 처음으로 영화관에 가서 본 영화는 〈집으로〉였다. '처음'이라는 단어가 주는 힘 때문일까, 지금도 TV에서 〈집으로〉가 방송되면 영화관에서 영화를 보며 울고 웃었던 기억들이 떠오른다.

음악이나 드라마, 영화 등의 콘텐츠나 아티스트를 홍보하는 사람들은 콘텐츠를 통해 사람들의 기억을 더욱 극대

화해주는 일을 한다고 생각하면 어떨까? 훌륭한 아티스트에 잘 만든 콘텐츠를 얹어 많은 사람들의 기억 속에 남을 수 있도록 돕는 사람. 연예기획사에서 일하고 싶은 사람이라면 이처럼 자긍심을 가져도 좋을 것이다.

연예기획사에서의
시간이
내게 남긴 것

연예기획사에 다니면서 경험했던 일들이 종종 이직 후에도 큰 도움이 될 때가 있다. 그 당시에는 도망치고 싶은 현실이었지만 이제는 '그땐 그랬지'라며 미소 지을 수 있는 과거가 되었다.

웬만한 야근에는 끄떡없다.

엔터테인먼트 업계야말로 정해진 퇴근 시간이 없다고 할 수 있다. 작품이 있는 경우 주말에도 항상 신경을 곤두세우고 있어야 한다. 남들 다 쉬는 공휴일이나 명절일지라도 쉬지 못하는 경우가 태반이다. 연예인의 스케줄이라는 것 자체가 원래 정기적이지 않고, 방송 프로그램도 일반 회사처럼 오전 아홉 시에 시작해서 오후 여섯 시 땡하면 끝나는 게 아니기 때문이다. 소속 연예인들이 나오는 프로그램을 모니터링하는 게 홍보팀 직원의 일이기 때문에 밤낮없이 일해야 할 때가 많은 것이다.

그나마 모니터링만 하면 되는 경우에는 상황이 조금 낫다. 피드백할 부분을 찾아야 하긴 하지만, 크게 보면 TV 시청과 다름 없는 일이기 때문이다. 그렇지만 실시간으로 화면을 캡처해서 보도자료와 함께 배포해야 하는 업무가 기본이기 때문에 모니터링만 하는 일은 거의 없다고 보면 된다.

만일 소속 연예인이 명절 특집 프로그램에 출연한다면 방송을 보면서 보도자료를 써야 한다. 실제로 추석에 지방에 내려가서도 노트북으로 방송을 보면서 캡처하고 바로 보도자료를 작성한 일이 많다.

또, 연말에는 각종 시상식 때문에 연말 분위기를 느낄 겨를이 없다. 물론, 머리로는 소속 연예인의 작품이 흥행해서 시상식에서 좋은 성과를 내야 한다는 것을 알고 있다. 하지만, 시상식 때문에 연말에도 일해야 하는 상황 자체는 한탄스러울 따름이었다. 음악 시상식 모니터링 때문에 새해를 회사에서 맞이한 적도 있었는데, 조용한 사무실에서 새해 카운트다운을 듣던 때가 잊히지 않는다.

일련의 일들을 통해 나름대로 단련이 되었는지, 이제는 웬만한 야근이나 주말 출근은 아무렇지도 않게 됐다. 이것이 연예기획사를 다니면서 얻은 나름의 장점 아닌 장점이라고 할 수 있겠다.

웬만한 불평과 불만도 무던하게 넘길 수 있다.

엔터테인먼트 홍보팀 직원이 되면 욕받이가 되는 것을 두려워하면 안 된다. 듣기 싫은 피드백들을 들을 수밖에 없는 자리이기 때문이다. 일단, 연예부 기자들의 불평을 듣는다. 실제로 연예부 기자들에게 들은 말을 몇 가지 예시로 들자면, "소속 연예인 관련 단독 기사가 떴던데 왜 나한테 미리 먼저 알려주지 않았느냐", "왜 전화를 안 받느냐"부터 시작해서 "00씨 같은 사람은 그냥 싫더라구요"라고 면전에다 대고 말하는 경우도 있었다. 또, 열애설이 기사로 나면 괜히 아니라고 무마하는 거 아니냐 등등 각종 민원 전화를 받는 일이 비일비재하다. 연예부 기자들뿐만 아니라, 사진이나 영상 기자들, 또 매니저들도 홍보팀을 향한 불만을 자주 드러내곤 한다.

이렇듯 다양한 불평과 불만에 단련되다 보니 현재 일하고 있는 업계에서 겪게 되는 거래처의 불평이나 불만 사항들, 고객들의 민원은 애교 수준으로 넘길 수 있는 강한 멘탈을 갖게 되었다. 물론 싫은 소리를 들으면 기분이 나쁘고 화가 나는 것은 당연한 일이다. 하지만 화가 날 때마다 연예기획사 홍보팀에서 일하던 때를 떠올리면 어느 정도의 컴플레인은 가볍게 넘길 줄 아는 파워 직장인이 될 수 있다.

핫 플레이스를 많이 알게 된다.

엔터테인먼트 업계는 야근이 많긴 하지만 업무 시간 내에서는 비교적 자유롭게 일할 수 있다는 장점이 있다. 특히, 기자들이나 업계 관계자들과의 미팅이 많다 보니 자연스레 핫한 곳들을 많이 알게 된다. 삼청동 뒷골목에 영화배우들이나 영화 관계자들이 자주 찾는 아지트 같은 오래된 노포 술집을 알게 된 것도 수확이라면 수확이었다. 특히, 엔터테인먼트 홍보팀은 관계자들을 직접 만나고 현장에서 발로 뛰는 일들이 많다 보니, 작품의 현장 속에서 생생한 생동감을 느끼며 일할 수 있다는 장점이 있다. 본인이 그런 현장감에 맞는 사람이라고 생각한다면 도전해봐도 좋다고 생각한다.

TV를 보면서 자랑할 수 있다.

드라마나 음악 방송을 볼 때, 옆에 가족들이 있다면 "저 배우 혹은 가수가 내가 홍보하는 연예인이야!"라고 자랑할 수 있다. TV라는 매개체를 통해 눈에 보이는 성과를 확인하고, 자부심을 느낄 수 있는 직업인 것이다. 가수 기획사에서 일할 경우 직원들에게 지급되는 콘서트 초대권으로 지인들을 콘서트에 초대할 수도 있을 것이다.

보도자료 글쓰기의 달인이 된다.

무수히 많은 보도자료를 쓰면서 방금 본 드라마를 재구성하는 능력을 길렀다. 또, 배우들에게 인터뷰 사전 질문지를 작성해서 보여주고 예상 답변을 체크하는 일을 하다 보니 저절로 보도자료를 작성하고 인터뷰 질문에 답변하는 능력을 습득했다.

보통 기자들로부터 질의서가 오면 실무자가 먼저 1차로 답변을 작성해서 상사에게 보여줘야 한다. 처음 질의서를 받고 질문을 살펴보면 "이런 걸 우리가 어떻게 알아?"라고 반문하게 되는 질문들도 많지만 그럼에도 불구하고 나는 답변을 만들어 써내야 한다. 없는 내용도 만들어야 하고, 있는 내용이라면 더 있어 보이게 만들어야 한다. 브랜드 홈페이지도 다시 보고, 예전에 썼던 보도자료도 다시 읽어 보고, 인터넷에 검색 후 나온 정보들을 취합해서 최대한 있어 보이는 단어들의 조합으로 명료하게 쓰는 것이 중요하다.

그때의 경험으로 인해 쓰는 근육이 발달해서 지금 글을 쓰고 있는 건지도 모르겠다. 연예기획사에서 홍보 일을 하면서 경험했던 많은 일들이 지금의 나를 만들었고 더 단단하게 삶을 이어갈 수 있는 힘이자 원동력이 되었다.

4막

여기까지가 끝인가 보오

인기가요 샌드위치 먹어볼걸

"~할걸"이라는 문장과 앵무새'를 합성한 '껄무새'라는 신조어가 있다. 주로 주식이나 코인 투자와 관련해서 "그때 조금 더 사둘걸", "그때 그냥 팔걸" 등과 같이 후회하는 말을 하는 사람들을 지칭하여 주로 쓰인다. 평소에 이런 '껄무새'가 되지 말자고 다짐하지만 후회하는 것은 인간의 숙명인가보다.

인기가요 샌드위치 먹어볼걸

가수가 소속되어 있는 기획사와 음악 방송은 같이 붙어

다니는 세트다. 홍보팀에서도 가끔 음악 방송 현장에 가게 되는데, 그렇게 자주 나가는 편은 아니지만 가수의 데뷔 무대라던가 컴백 무대, 앨범 활동 마지막 무대 등 특별한 이슈가 있을 때면 동행하곤 했다.

몇 년 전 SBS에서 인기가요 매점 샌드위치가 인기를 얻은 적이 있다. 그때의 나는 '일하러 온 거지, 먹으러 온 게 아니다!'라는 쓸데없는 직업 정신 때문에 샌드위치를 사 먹어 볼 생각을 하지 못했다. 그때 샌드위치를 먹어보지 못한 것이 너무 아쉽다. 이제는 편의점에 파는 흔하디흔한 샌드위치로밖에 맛을 볼 수 없어 안타까울 뿐이다.

사진 좀 많이 찍어둘걸

사진 찍는 걸 좋아하지 않는 나는 평소에 사진을 잘 찍지 않는다. 그 탓에 내가 홍보했던 연예인들과 찍은 사진이 거의 없다. 그나마 있는 것이라고는 이벤트용으로 찍은 폴라로이드 사진 중에서 안 쓰고 남은 사진들뿐이다. 연예인들과 같이 찍은 사진은 없어도 드라마 촬영장이나 콘서트, 제작 발표회 같은 현장 사진들은 많이 찍어 놓아서 다행이다.

조금만 더 친절하게 인사할걸

예전에 일했던 연예기획사 소속 배우를 화장품 홍보대 행사에 다니면서 마주친 적이 있었다. 팀원들과 엘리베이터를 타고 올라가던 중간에 문이 열렸는데, 밖에 그 배우가 서 있었다. 찰나에 나와 눈이 마주친 그는 날 알아보고 "어! 누나! 안녕하세요!" 하고 인사를 했다. 갑작스러운 마주침에 당황한 내가 어정쩡하게 인사를 건넨 순간 엘리베이터 문이 닫혔다.

그 일 이후 화장품 브랜드 PPL 촬영 날, 그 배우를 다시 만났다. 딱히 말을 걸기도 난감한 상황이라 가만히 촬영하는 모습을 지켜만 보고 있었는데, 갑자기 그 배우가 촬영 소품이었던 스케이트보드를 타고 내 주위를 빙빙 돌기 시작했다. 옆에 있던 팀장님이 "너한테 아는 체하고 싶어서 그러는 것 같은데?"라고 말할 정도였다. 그러나 괜히 멋쩍어진 탓에 그 배우와는 끝내 대화를 나누지 못했다. 먼저 말을 걸지 못한 그날이 지금까지도 후회로 남았다. 이외에도 나를 스쳐간 많은 연예인과 직원들에게 조금만 더 친절하게 대할걸, 하는 아쉬움이 남아 있다.

같이 일했던 사람들과 계속 연락할걸

회사에 다닐 때는 정말 친하게 지냈는데 업계를 떠나면서 연락이 끊긴 동료들이 있다. 특별한 용무가 없으면 연락하지 않는 내 성격 때문에 인연을 오래 이어가지 못했을지도 모르겠다. 그래도 홍보팀에서 만났던 한 기자와는 아직도 만나면서 추억을 공유하는 친구가 되었다. 그때 내가 먼저 연락하고 연락을 이어갔더라면 하는 생각이 들 때가 있다.

현타가 오는 순간

연예기획사에서 일하다 보면 현타가 오는 순간이 꽤 있다. 아니, 자주 있다. 대중에게 알려진 연예인들의 수입은 일반인이 평생 벌어도 손에 얻지 못할 만큼 많다. 반면 나의 월급은 그들에 비하면 하찮기 그지없다. 더군다나 그들의 씀씀이를 옆에서 지켜보게 되면 더욱 현타를 느끼기 쉽다.

기획사 직원이 연예인들의 씀씀이를 어떻게 아는지 궁금한 사람들도 있을 것이다. 연예기획사에서 근무하게 되면 현장 스케줄을 함께 나가는 경우가 있다. 현장 스케줄이 끝나면 소속 연예인이 어디 가는지, 뭘 하는지 알고 싶지 않아도 저절로 알게 될 수밖에 없다.

스케줄이 끝나도 회사로 복귀해서 야근해야 하는 나와 달리 비싼 스파 마사지를 밥 먹듯이 받고, 마치 편의점 드나들 듯 명품매장을 방문하는 그들의 모습을 볼 때마다 찾아오는 현타에 괴로웠다.

하지만 이는 단편적인 부분만 봤을 때의 이야기다. 인생은 멀리서 보면 희극이고, 가까이서 보면 비극이라는 말도 있지 않은가. 일반 회사원이라면 평생 만져보지도 못할 거액을 턱턱 쓰는 연예인들의 삶이 부러운 것은 사실이다. 그러나 연예인이라는 직업 특성상 항상 불안감을 갖고 있다. 유명 연예인들도 항상 대중의 관심에 목말라하고, 어떻게 하면 대중들의 인기를 더 얻을 수 있을지 고민한다.

연예기획사가 전쟁터라면, 연예계는 지옥이라고 생각한다. 겉모습은 화려해 보이지만 그 안에는 우리의 머리로는 상상하지 못할 그들만의 고통스러운 삶이 존재하는 것이다.

많이들 알다시피 데뷔하는 것 자체가 엄청나게 어려운 일이다. 이따금씩 "몇 달 만에 데뷔했어요!", "길거리에서 캐스팅돼서 데뷔했어요!"라는 일화를 들을 수 있는데, 알고 보면 혼자 연습한 기간이 길거나 데뷔를 위한 준비가 어느 정도 되어 있는 사람들인 경우가 많다. 대부분은 데뷔하기 위해 연습생부터 수년간의 고독한 시간을 끈질기게 견뎌냈기에 그 자리에 서게 된 것이다.

연예기획사에서 근무하는 동안 연예인들을 가까이에서 지켜보면서, 보이는 모습만 보고 현타를 느꼈던 스스로를 반성하게 됐다. 그들이 누리는 혜택 아래 그들의 엄청난 노력이 있었다는 것을 알게 됐기 때문이다.

연예인들이 엄청난 부와 인기를 갖게 되는 것을 가까운 곳에서 지켜보면 현타가 오는 게 당연할지도 모른다. 부러움에 치를 떠는 날이 올지도 모른다. 하지만, 그런 감정들은 내가 그들을 더욱 빛나게 도와주는 일을 하기로 선택한 이상 감내해야 할 부분이다.

위기를 기회로 만든다는 말이 있듯이, 오는 현타를 막지 말고 그것을 자양분 삼아서 더욱 일에 몰두하다 보면 오히려 행운으로 돌아올지도 모른다.

어느 날
찾아온
위기

원래 좋지 않은 일은 한꺼번에 일어난다. 회사 소속 배우의 드라마가 끝나고 라운드 인터뷰를 진행할 때였다. 나는 평소에 지각을 끔찍이도 싫어하는 사람이다. "개근상 받는 게 제일 쉬웠어요"라고 당당하게 말할 수 있을 정도다. 그런 내가 배우의 인터뷰 일정에 늦었다. 다행히 팀장님이 먼저 와 계셔서 일정은 차질 없이 진행될 수 있었지만 가장 기본적인 시간 약속을 지키지 못한 것에 대한 대가는 톡톡히 치러야 했다. 평소 싫은 소리를 하지 않으시는 팀장님께 크게 혼이 나면서 중요한 업무 일정에 지각한 스스로가 한심하게 느껴졌다.

그때부터였을까? 알게 모르게 쌓인 업무 스트레스나 일에 대한 감정들이 점차 행동으로 나타나기 시작했던 것 같다. 지각하는 것을 그렇게 싫어하는 내가 중요한 업무에 지각했다는 사실만으로 일단 일에 대한 마음이 떠버렸다고 볼 수 있는 상황이었다.

그날의 실수는 지각으로 끝나지 않았다. 당시에 진행했던 인터뷰는 '다대일 라운드 인터뷰'였다. 이는 기자 여러 명과 배우 한 명이 동시에 질의를 진행하는 방식을 뜻하는데, 실수로 기자 한 명에게 라운드 인터뷰로 진행한다는 일정을 알리지 않았던 것이다. 일대일 인터뷰 형식에 맞춰 질문을 준비한 그 기자는 다대일 인터뷰라는 이야기를 듣고 우리에게 크게 화를 냈다. 일대일 인터뷰의 경우 질문자만 해당 답변을 들을 수 있으므로 질문에 따라 기사의 퀄리티가 달라진다. 열심히 준비한 질문을 다른 기자들과 공유하게 된 상황이니 화가 날 수밖에 없었을 것이다. 잦은 실수는 어쩌면 업계를 떠나고 싶은 마음에서 비롯된 것이었는지도 모른다.

자연스레 엔터테인먼트 업계에 대한 미련도 점차 사라

지기 시작했다. 내가 이 업계에서 해보고 싶었던 일들은 모두 다 해봤기 때문이었다.

담당한 아이돌 그룹이 음원 1위를 차지했고, 해외 출장도 다녀왔고, 배우 소속사에서 영화, 드라마 작품도 경험해봤고, 화보 촬영이나 배우 팬미팅 등 할 수 있는 것들은 다 해본 상황이어서 미련이 없어졌다.

미련이 없어지니 오히려 시원하게 훌훌 털고 업계를 떠날 수 있었다. 비록 일하면서 힘든 일도 많았지만 내 인생에서 이때만큼 열정을 불태워서 일한 적이 있을까 싶을 정도로 열심히 일했다.

하얗게 불태웠다는 말처럼, 더 후회 없이 뒤돌아보지 않고 떠날 수 있었던 것 같다.

내가 엔터테인먼트 업계를 떠난 이유

엔터테인먼트 업계는 참 좁다. 퇴사 후 이직해도 그 사람이 그 사람이고 서로 마주치는 일도 많다. 즉, 어디서 어떻게 만날지 모르기 때문에 퇴사할 때에도 마무리를 잘 해야 한다.

엔터테인먼트 업계는 연예기획사와 홍보대행사 등 관계자들이 한 곳에 모이는 매체 행사가 열리는 일이 많기 때문에 태도를 조심하는 것이 좋다. 그런 행사에서 각종 연예기획사 관계자들을 보고 있으면 이런 생각이 떠오르곤 했다. '끝까지 살아남는 자가 진짜 강한 사람이구나.'

내가 엔터테인먼트를 떠나게 된 가장 결정적인 이유는 상상해본 미래의 내 모습이 희미하고 공허했기 때문이다. 시간을 가리지 않고 울려대는 전화 때문에 퇴근 후에도 온전히 내 삶을 즐기지 못했다. 전화기에 기자 이름만 떠도 벌벌 떨 정도로 전화에 대한 공포를 느끼던 때였다.

이런저런 고민들로 망설이던 때, 인터넷에서 가족들의 크리스마스 선물을 사기 위해 백화점에 들른 사람의 일화를 보게 됐다. 백화점 직원은 그에게 "고객님의 크리스마스는 누가 챙겨주나요?"라고 물으며 각종 샘플을 한가득 챙겨주었다고 한다. 아마도 가족들을 챙기느라 정작 자신은 돌보지 못한 그 사람의 삶의 고단함이 느껴졌기 때문이리라. 이 일화를 듣는 순간 머리를 한 대 얻어맞은 기분이었다. 일화 속 백화점에 들른 사람은, 연예기획사에서 일하는 나 자신과 같았다. 나 대신 소속 연예인에게만 집중하던 시간이었다. 일도 중요하지만 나의 일상, '나'라는 사람의 삶이 더 중요하다는 사실을 깨달으면서 엔터테인먼트 업계를 떠나야겠다고 결심했다.

아이돌 그룹 샤이니의 멤버 키가 어디선가 이런 말을 한

적이 있다.

"이 바닥에는 벽에도 귀가 있어!"

그 말에 정말 공감했다. 촬영 대기 시간이 길다 보니 자연스럽게 대화하는 시간도 많아지고 주고받는 내용도 많아져서 그런 걸까? 아니면 그런 일거수일투족이 기삿거리가 되는 정보가 되기 때문일까? 내가 전혀 알고 싶지도 않고 듣고 싶지 않더라도 일을 하다 보면 자연스레 알게 되는 것들이 생긴다. 숱한 소문들이 돌고 도는 그 무한궤도 속에서 벗어나고 싶었다.

그런 감정들이 쌓이고 쌓여서 어느 순간에는 내가 빈 껍데기 같이 느껴졌다. 만약에 지금 하는 일이 너무 힘들면 너무 애쓰지 말자. 힘들면 힘들다, 아프면 아프다고 이야기하자. 회사에서 나를 힘들게 만드는 직장 상사나 동료도 회사를 나가면 그저 무수히 많은 타인 중 한 명에 불과하다. 회사에 다닐 때는 대표에게 어떻게 잘 보일까, 괜히 대표의 심기를 건드린 것은 아닐까 전전긍긍하게 되는데, 그것은 쓸모없는 감정 소비였다. 대표도 그냥 밖에 나가면

길을 지나가는 행인 중 한 명일 뿐이다.

나에게 맞는 직장을 찰떡같이 잘 골라서 오래 일할 수 있다면 가장 좋겠지만 한 번에 딱 맞는 직장을 찾기는 어렵다. 어쩌면 수많은 시행착오를 거친 후에야 나에게 맞는 직업을 찾게 될지도 모른다. 그 시행착오를 실패라고 생각하지 않았으면 좋겠다. 엔터테인먼트 업계에 뛰어든 것도, 그리고 그 업계에서 나온 것도 모두 내 선택이었고 이를 절대 후회하지 않는다. 그 선택에 대한 결과는 오롯이 내가 감내해야 할 몫이고 그게 바로 내가 주체적인 삶을 살아가고 있다는 증거이다. 지금까지 잘해왔고 앞으로도 잘해나갈 거라고 다짐하며 오늘도 나는 내 길을 걸어간다.

나만의 페르소나를 만들자

일할 때는 나만의 페르소나를 만들어서 나의 감정과 일을 분리하는 것이 좋다. 연예기획사 홍보팀은 기자들로부터 싫은 소리를 듣는 것이 일상이기 때문에 감정과 일을 분리하지 않으면 마음이 지치고 힘들어 금세 나가떨어지고 만다. '저 사람은 나를 싫어하고 미워하는 게 아니라 원래 저런 사람일 뿐이다' 혹은 '이건 일이니까 내 감정은 잠시 내려놓자' 라고 생각해야 정신 건강에 도움이 된다.

페르소나는 '가면을 쓴 인격'을 의미한다. 의미 그대로 회사 안과 회사 밖에서의 인격을 분리해 각각의 상황에 맞는 가면을 만드는 걸 추천한다. 경험 상 이렇게 했을 때 마음의 부담을 내려놓고 더 능률적으로 일할 수 있었다.

예전에는 회사와 나를 잘 분리하지 못했다. 회사에서도, 집에서도 우는 날이 점차 늘어났을 때 이대론 안 된다는 생각이 들었다. 그 후로 점차 회사와 나를 분리하여 바라보는 연습을 하기 시작했다. 지금은 일할 때는 일에 집중하고, 퇴근 후나 주말에는 철저히 나만의 시간을 갖도록 노력하고 있다.

내 머릿속에 스위치 한 개가 달려 있다고 상상해보자. 회사에서는 '사회적인 스위치'를 켜두지만, 회사 밖을 나오는 순간 사회적인 스위치는 꺼지고 대신 '개인적인 스위치'가 켜지는 것이다. 업무 시간이 길다고 해서 효율이 좋은 것은 아니다. 퇴근 후에는 충분히 쉬어야만 일할 때 필요한 에너지를 다시 쌓을 수 있다. 휴식이 어색한 사람들은 개인 시간에 취미 생활을 하면서 천천히 익숙해지는 것도 좋은 방법 중 하나라고 생각한다. 독서나 영화 감상처럼 정적이고 개인적인 취미도 좋고, 밖에 나가 사람들을 만나거나 활동적인 운동을 하는 취미여도 좋다. 쉼과 취미는 영감을 불러일으키고, 이때 느낀 영감이 업무 시 도움되는 경우도 있다.

회사에서 품은 부정적인 감정을 퇴근 후 집에까지 끌고 오는 것은 쓸데없는 잡념으로 에너지를 낭비하고 나를 갉아 먹는 일이다. 분리된 페르소나를 통해 우리의 감정을 보호하는 일에 더 힘쓰면 건강한 마음으로 일할 수 있지 않을까, 생각해본다.

5막

직접 겪어봐야 비로소 보이는 것들

귀하의 노고에
감사한 만큼
월급을 더 주세요

"귀하의 노고에 감사드립니다."

급여 명세서에는 위와 같은 문구가 함께 따라온다. 물론 형식적인 말이라는 것은 알지만, 이 문구를 볼 때마다 "노고에 감사하면 월급을 더 주세요"라고 말하고 싶어진다.

사회 초년생 때는 일하고 싶은 업계에서 일한다는 사실만으로 열정이 불타올랐다. 그래서 열정페이에 가까운 낮은 급여를 받으면서 밤낮없이 일했다. 이곳에서의 경력을 바탕으로 더 큰 회사에 가서 일하는 내 모습을 상상했다.

그래서 버틸 수 있었다. 그렇게 열심히 일해서인지 나를 좋게 봐주는 분들이 많았고, 덕분에 수월하게 이직할 수 있었다(엔터테인먼트 업계의 경력직 채용은 인맥을 통해서 알음알음 사람을 뽑는 경우가 많다).

첫 직장, 첫 연봉이 중요하다고들 이야기한다. 물론 맞는 말이다. 당연히 첫 직장에서 높은 연봉을 받으면 시작점부터 다르고 이직할 때에도 현재 연봉을 기준으로 연봉을 책정하기 때문에 당연히 고고익선高高益善이다. 하지만, 아무 경력도 없는 신입 사원이 높은 연봉을 받기란 쉽지 않다. 그러니 첫 직장의 연봉이 낮다고 해서 너무 좌절하지 말고, 입사 후 연봉을 올릴 수 있는 방법을 고민해보는 방향을 추천하고 싶다.

예를 들어, 회사에 영상팀이 따로 없다면 홍보팀에서 영상 편집을 해야 하는 경우를 대비해 영상 편집 관련 강의를 수강하는 것이다. 수강 후 자격증까지 취득한다면 회사로부터 능력 있는 인재라는 말을 들을 수도 있다. 이외에도 업무 관련 분야나 외국어를 열심히 공부해서 눈에 보이는 성과를 내는 등 다양한 방법이 존재한다.

엔터테인먼트 업계가 박봉이라는 것은 어느 정도 사실이지만, 박봉이라는 이유만으로 도전조차 하지 못할 분야는 아니다. 오히려 일반 기업들과 달리 엔터테인먼트 업계에선 성과 한도가 정해져 있지 않아 더 큰 보상을 받는 경우도 있다. 회사 매출액에 따라 직원들에게 스톡옵션을 보상으로 선사하는 회사도 있었다. 그러니, 엔터테인먼트 업계에 도전하고 싶으나 연봉 문제로 고민하는 사람들이 있다면 너무 지레짐작으로 겁먹지 말았으면 좋겠다. 첫 연봉은 낮게 시작했더라도 본인의 능력을 키워서 나만의 경력을 쌓다 보면 얼마든지 몸값을 올릴 수 있는 기회가 주어지기 때문이다.

처음부터 알았으면 좋았을 것들

최근에 세탁 바구니를 구매했다. 인터넷 리뷰를 꼼꼼히 살펴보고, 가격 비교까지 철저히 한 후에 구매했는데 치명적인 문제를 발견하고 말았다. 세탁 바구니의 재질이 천이었던 것이다. 젖은 빨래로 인해 세탁 바구니에는 곰팡이가 생겼고, 결국 산 지 얼마 지나지 않아 버리고 말았다.

다들 이런 경험 한 번쯤은 겪어봤을 것이다. 분명 꼼꼼하게 확인했다고 생각했는데, 이후 예상하지 못한 전혀 다른 문제가 발견되는 경험 말이다. 회사를 고르는 일도 크게 다르지 않다. 겉으로는 좋아 보이더라도 막상 겪게 되면 나와 맞지 않을 수 있다. 입사 전에는 전혀 생각지도 못했던 단점들이 나를 괴롭히기도 하며, 천직이라고 생각했던 업무가 꼴도 보기 싫어질 수도 있다.

익숙함이란 식상함의 완곡한 표현이다. 어떤 일에 너무 익숙해지는 것도 좋지만은 않다. 얼마 전 망원동에 있는 '알맹상점'에 다녀왔다. 제로 웨이스트를 추구하는 그곳은 내가 그동안 생각지 못했던 일을 행하고 있었다. 다양한 방법으로 제로 웨이스트를 실천하는 사람들의 모습을 보며 공간과 커뮤니티가 주는 힘을 느낄 수 있었고, 새로운 에너지를 얻게 되었다.

환경을 중요하게 생각하는 사람들이 이토록 많다는 것을 새삼 깨닫자, 나도 동참해야겠다는 의지와 기분 좋은 에너지가 샘솟았다. 만약 일상이 지치고 힘들다면 자주 가는 공간을 바꿔서 새로운 장소를 방문해 보는 것은 어떨까? 막연히 생각만 했던 장소를 가본다거나 나와 전혀 어울리지 않을 거라고 생각했던 곳으로 훌쩍 여행을 떠나본다든지 하는 일상 속 작고 새로운 도전 말이다. 우연히 도착한 그곳에서 엄청난 보물을 발견할지도 모를 테니 말이다. 새로운 도전이라고 해서 꼭 거창할 필요는 없다. 소소하지만 새로운 행복. 일명 '소새행'을 일상 속에서 경험하는 일이 많아질수록 삶은 더욱 풍요로워질 테니 말이다.

운동을 좋아하는 남자친구 덕분에 생애 처음으로 마라톤 대회에 참가한 적이 있다. 평소 운동을 싫어했던 나로서는 역사적인 일이었다. 마라톤 대회에 처음 나갔을 때, 마라톤을 좋아하는 사람이 이렇게 많다는 사실에 깜짝 놀랐다.

골인 지점에서 들어서고 메달을 받을 때는 새벽부터 일어난 보람이 있구나, 하는 생각이 들었다. 어쩐지 든든한 동지가 생긴 것만 같은 기분에 나와 함께 긴 길을 쉬지 않고 달려온 사람들에게도 눈인사를 건넸다.

회사 생활은 마라톤 경기를 닮았다. 끝이라는 게 과연 있을까 싶을 만큼 길고 지난한 여정을 보내야 하기 때문이다. 그럴 때 나와 함께 긴 코스를 달리는 동료가 있다면 큰 위안이 될 것이다. 만약 지금 가고 있는 일이 너무 지치고 힘들어 포기하고 싶다면 잠시 숨을 고르고 같은 길을 가고 있는 동료들이나 선배에게 도움을 요청해보자. 아마 대부분 흔쾌히 대답해줄 것이다.

만약 엔터테인먼트 업계에서 일하고 싶은 꿈이 있으나 상황이 여의치 않다면 비슷한 업무를 하는 다른 업계에 도전하는 것도 고려해볼 만하다. 꼭 연예인이 소속된 연예기획사가 아니더라도 모델을 전문적으로 케어하는 모델 에이전시라던가 유튜버나 인플루언서를 전담하는 MCN 등 다양한 분야로 시야를 넓히면 오히려 더 많은 기회가 찾아올 수도 있으니 유연하게 생각하는 태도 역시 필요하다고 생각한다.

그럼에도 불구하고 도전해야 하는 이유

"너는 다른 사람을 도와주는 일을 해야 해! 그래야 인생이 잘 풀려!"

이는 내 사주를 봐준 사주가가 한 말이다. 사주를 듣고 연예기획사에서 근무하며 사람들을 홍보해주는 직업이 내 천직이라고 생각했다. 그러나 지금 생각해보면 결국 모든 직업은 다 다른 사람을 돕는 일이 아닌가 싶다. 요리사와 미용사, 우체부, 의사, 변호사, 경찰관, 소방관 등등. 이외에도 우리 주위에서 흔히 볼 수 있는 직업들은 대부분 다 남을 도와주는 일을 하는 사람들이지 않나.

인기 웹툰 〈유미의 세포들〉에서 꾸준히 회자되는 명대사가 있다. 관리자 세포는 남자친구 웅이를 자기 인생의 주인공이라고 여기는 유미에게 “미안하지만 웅이는 남자 주인공이 아니야. 이 이야기의 주인공은 한 명이거든”이라고 말하며 유미를 가리킨다.

맞다. 내 인생, 내 이야기의 주인공은 나 하나다. 그러니 내가 하고 싶은 일, 내가 좋아하는 일, 나의 내면의 목소리에 귀를 기울이고 나에게 집중하자. 사람들이 좋은 기업이라고 해서, 요즘 잘나가는 기업이니까, 앞으로 성장 가능성이 높은 산업이니까…… 따위의 외부적인 기준만으로 자신의 업을 선택하지 않았으면 좋겠다. 그런 부분들은 직업을 선택하는 데에 있어서 부수적인 요소들은 될 수 있어도 메인이 돼서는 안 된다.

“안 하고 후회하느니 하고 후회하자”가 내 모토이다. 하고 후회하면 미련이 없기 때문이다. 할까 말까 고민될 땐 하는 쪽을 선택하자. 아예 시도조차 하지 않으면 그 일이 나에게 맞는지 맞지 않는지 판단할 기회조차 얻지 못한다. 만약 내가 엔터테인먼트 업계에 도전하지 않았다면 아마 지금까지도 후회하고 있을지도 모른다.

일단 내가 하고 싶은 일에 도전했다고 치자. 그런데 막상 나의 성향이랑도 맞지 않고 이곳에서 나의 미래가 보이지 않는다면 어떻게 해야 할까? 충분한 고민 후에도 아니라는 판단이 서면 과감하게 포기하는 것도 좋은 선택이라고 생각한다. 그것 또한 대단한 용기이기 때문이다.

몸에 꼭 끼는 옷을 입고 외출했을 때, 종일 속이 더부룩하고 불편했던 경험이 다들 있을 것이다. 또는 발 사이즈에 맞지 않는 구두를 신고 나가서 발뒤꿈치가 까진 일도 있을 것이다. 그런 상황이 오면 어떻게 해야 할까? 옷을 바꿔 입던가 구두를 운동화로 바꿔 신던가 해야 하지 않을까?

직장을 선택하는 것도 이와 비슷하다고 생각한다. 맞지 않는 옷이나 신발은 환불하거나 교환하는 것처럼 나와 맞지 않는 직장, 직군, 산업이라면 굳이 꾸역꾸역 다녀야 할 필요가 있을까? 계속 그렇게 맞지 않는 회사에 다니게 된다면 몸 곳곳에 상처가 나고 말 것이다. 누구나 다 자기에게 맞는 옷, 신발이 있다. 신데렐라의 유리구두처럼.

게으른 완벽주의자들은 스스로 정한 목표에 도달할 수 없거나 조금이라도 계획에서 벗어나면 아예 실행조차 하지 않는 경우가 많다고 한다. 그런 의미에서 나는 게으른 완벽주의자는 아니다. 처음부터 완벽한 목표를 세운다면 중간에 포기하기 쉬워지므로 어설프더라도 현실 가능한 목표를 세우는 게 중요하다.

내가 처음 엔터테인먼트 업계에 발을 내디뎠을 때, 만약 나의 목표가 'SM, JYP, YG 등 유명 기획사'였다면 이토록 귀중한 경험을 하지 못했을 것이다. 연예기획사는 그 어느 분야보다 다이내믹하고 새로운 경험을 할 수 있는 업계이다. 그만큼 재밌는 일도 많고, 즉각적인 피드백으로 생동감 넘치게 일할 수 있다는 장점이 있다. 또한, 요즘은 연예기획사에서 엔터테인먼트 사업만 진행하는 것이 아니라 게임이나 IP 관련 사업, 블록체인, 플랫폼 사업 등등 사업 분야를 넓히고 있어 더욱 기회가 무궁무진하기 때문에 도전하기 좋은 시기라고 생각한다.

이것만은 기억해주길

내가 다녔던 엔터테인먼트 회사 중 한 곳에서는 4대 보험을 들어주지 않았다. 만약 지금 4대 보험이 안 된다고 하는 회사가 있다면 바로 뛰쳐나왔겠지만, 초년생이던 그 시절에는 4대 보험에 가입하지 않으면 실업 급여를 받을 수 없으며 경력 인정도 어렵다는 사실을 알지 못했다.

4대 보험만큼 중요한 것은 수습 기간이다. 수습 기간 3개월을 근무 기간으로 인정해주느냐에 따라 경력에도 영향을 미치니 주의해야 한다.

연예기획사 직원으로 일한다는 것은 겉으로 보이는 것

만큼 화려하지 않고 생각보다 더 힘들다. 힘듦을 두려워하라는 이야기가 아니다. 다만 아무것도 모른 채 업계에 뛰어드는 것보다는 어느 정도 업계 상황(노동 강도, 고충 등)을 인지하고 도전하는 것이 더 낫다는 이야기이다.

연예기획사에서 일하는 내내 나는 잦은 이직으로 근속연수가 짧은 편이었다. 엔터테인먼트 업계에 속해 있을 때는 이런 점이 크게 문제로 여겨지지 않았다. 다만 업계를 떠나 새로운 직종으로 이직하려 했을 땐 그 사실이 걸림돌이 되었다. 엔터테인먼트 업계는 다들 이직이 잦으니까 괜찮겠지, 싶은 안일한 마음을 갖고 있다면 향후의 계획을 보다 꼼꼼하게 세워보는 걸 추천한다.

TIP

무엇이든

물어보세요!

어떻게 하면 연예기획사에 들어갈 수 있나요?

아마 많은 사람들이 궁금해할 질문이 아닌가 싶다. 일단 나의 경험과 더불어 실제로 회사에서 만났던 다른 사람들의 케이스를 기준으로 이야기해보겠다.

일단 업계에 입문하는 경우와 이직하는 경우로 나누어서 알아보자.

나는 각종 취업 사이트에서 엔터테인먼트 분야를 선택한 뒤 홍보팀, 마케팅팀 위주로 이력서를 넣었다.

보통, 엔터테인먼트 업계로의 첫 입문은 이렇게 다른 업계와 마찬가지로 취업 사이트를 통해 직접 지원함으로써 이루어진다. 면접에서는 '엔터테인먼트 업계에서 일하고 싶은 이유'와 '야근이 많고 힘들 텐데 잘 버틸 수 있는지' 같은 기본적인 질문을 주로 받게 된다. 이때 '왜 엔터테인먼트 업계에서 일하고 싶은지' 본인의 생각을 명확하게 표현할 수 있어야 한다. 즉 업무에 대한 열정을 주로 본다고 생각하면 되겠다.

대형 기획사의 경우 워낙 지원자가 많기 때문에 출신 학교나 학점, 영어 점수 등을 어느 정도 보는 것 같다. 영어나 중국어 능통자, 해외 대학교 출신들도 많고, 심지어 매니저들도 해외 대학교 출신을 선호한다고 들었다. 매니저들이야말로 연예인들과 스케줄을 항상 함께하고, 해외에도 같이 나가야 하니까 이왕이면 언어도 잘할 수 있는 사람을 뽑는 것이 아닐까 생각한다.

그렇지만 스펙이나 영어 실력보다 더 중요한 것은 엔터테인먼트 업계에서 일하고 싶은 이유와 동기인 것 같다. 다른 분야보다 특수성이 부각되는 업계인 만큼, 뚜렷한 동기와 목표가 중요하다.

엔터테인먼트 회사에 다니면서 연예부 기자로 일하다가 홍보팀으로 이직하는 사람들도 종종 보았다. 아무래도 기자 출신인 사람은 많은 기자들과 친분이 있다 보니 홍보팀으로 이직을 하면 기자 시절의 인맥으로 수월하게 업무를 진행할 수 있는 경향도 있다. 홍보팀의 경우에는 한 회사에 오래 다니는 게 기자들이나 업계 관계자들의 신뢰도를 쌓기에 좋다.

물론 처음부터 대형 기획사에 입사하면 더할 나위 없이 좋겠지만, 작은 회사에서 시작하는 것도 나쁘지 않은 출발이라고 생각한다. 대형 기획사라고 해서 장밋빛 미래가 보장되는 것은 아니다. 회사의 규모가 클수록 다양한 경험을 하는 대신 내부에서 서포트 업무만 하느라 괴리감과 자괴감을 느낄 수도 있다. 일단 업계의 상황을 체험해보고 큰 회사로 이직을 준비할지, 아예 업계를 떠날지 판단하는 것이 우선이어야 할 것이다.

규모가 작더라도 앞으로의 비전이 보이는 곳이라면 입사 후 대형 기획사 못지 않은 경력을 쌓을 수도 있을 것이다. 일을 배우면서 기자들이나 업계 관계자들과의 친분을 쌓으면 좋은 곳으로 이직하기가 더욱 수월해진다. 엔터테인먼트 업계 경력직은 취업 사이트 공고보다는 기자나 관계자 추천으로 들어가는 경우가 훨씬 많기 때문이다.

요즘 엔터테인먼트 업계 취업 관련 아카데미나 강좌가 많이 생긴 것으로 알고 있다. 그러나 강의를 듣는 것보다는 업계를 분석한 책을 읽거나 미디어 산업에 대한 전반적인 트렌드를 공부하는 것이 낫다고 생각한다. 여러분의 돈과 시간은 소중하니까, 보다 효율적이고 합리적인 방법을 찾기를 바란다.

연예인들은 대기실에서 뭘 할까?

드라마 제작 발표회나 라디오 방송 같은 경우에는 정해진 스탠바이 시간이 있기 때문에 소요 시간을 예상할 수 있다. 하지만 가요 프로그램 녹화 현장이나 드라마 스튜디오 촬영의 경우에는 대기 시간이 워낙 길어서 연기하거나 노래하는 시간보다 대기하는 시간이 더 많을 정도였다.

가요 프로그램은 새벽부터 사전 녹화를 한다. 교차 편집 등의 여러 효과가 들어가는 경우에는 녹화 시간이 더 길어진다. 사전 녹화가 끝나면, 생방송이 시작되는 시간까지 대기한다. 대기 시간은 연예인들에겐 자유 시간이라서,

친한 동기, 선배, 후배의 대기실에 놀러 가 함께 시간을 보내기도 한다. 그 외에도 핸드폰 게임을 하거나 커피나 디저트 등 간식을 사 먹거나, 춤이나 노래 연습을 하거나, 잠을 자는 경우도 많이 봤다. 연령대가 낮은 아이돌 그룹 멤버들이 대기실에서 시간을 보내는 모습을 보면, 내 주위의 또래 친구들과 다를 바 없어 보인다. '연예인'이라는 특수성을 제외하면, 방송국 대기실은 학교 쉬는 시간처럼 지극히 평범하다.

방송에는 사전 녹화한 방송이 송출되지만, 방청하는 팬들을 위한 무대를 준비해야 한다. 무대를 마친 가수들은 음악 방송이 끝날 때까지 다시 대기하고, 그날의 1위를 발표할 때 함께 무대에 올라 1위 가수를 축하해준다. PD에게 인사를 해야 하는 문화 때문에, 방송이 끝난 뒤에도 퇴근하지 못하고 각자 대기실 앞에 대기해야만 했는데 요즘도 이런 문화가 남아 있을까 궁금하다.

가요 프로그램의 경우 가요 담당 기자들이 대기실을 돌아다니며 가수들과 인터뷰를 진행하는 경우도 있다. 흔한 경우는 아니며 1위 후보에 올랐거나 오랜만에 컴백을 했거나 이슈가 되는 사항이 있을 때 주로 진행한다. 홍보팀에

미리 연락해서 시간을 잡기도 하고, 가수와 친분이 있는 기자들은 직접 가수에게 연락하기도 한다. 인터뷰한 내용은 그날 무대에 대한 리뷰와 함께 덧붙여서 나간다. 아무래도 가수들의 이야기를 생생하게 들을 수 있으니 더할 나위 없이 좋은 기사 소스가 되는 것이다.

드라마 촬영장도 상황은 다르지 않다. 드라마 촬영이야말로 대기의 연속이다. 홍보팀 직원이 촬영 현장에 동반할 일은 별로 없다. 그렇지만 보도자료에 현장 사진이 필요한 경우에는 촬영을 위해 현장에 방문해야 한다. 촬영이 끝나면 바로 철수할 수 있어서 음악 방송 때보다는 대기 시간이 짧은 편이지만, 대기한다는 것 자체가 하나의 업무처럼 느껴지는 건 어쩔 수 없었다. 연예기획사 직원이라면 기다림의 미학을 즐길 줄 알아야만 대기 시간이 괴롭지 않을 것이다.

연예기획사의 대표는 어떤 사람일까?

내가 본 대부분의 연예기획사 대표는 매니저 출신이라는 과거를 갖고 있었다. 오랜 매니저 경험과 인맥, 노하우를 바탕으로 직접 회사를 차린 경우가 많았다.

나는 가수 기획사와 배우 기획사 네 군데를 골고루 경험해보았는데, 그중 세 곳의 대표가 모두 매니저 출신이었다. 오랜 매니저 생활을 하며 쌓은 노하우를 바탕으로 회사를 설립하게 된 케이스였다. 매니저는 비교적 어린 나이부터 시작할 수 있기 때문에, 다른 직종에 비해 경력을 쌓을 시간이 더 많다.

요즘은 여자 매니저들도 많이 늘어나긴 했지만, 여전히 비율로만 따지자면 남자 매니저가 훨씬 많다. 자연스레 임원의 비율도 여성보다는 남성이 더 높은 편인데, 그래도 타 업계에 비해서 여성들이 경력을 쌓으면 높은 자리로 올라갈 수 있는 기회가 많다고 생각한다. 실제로 내가 일했던 연예기획사에서는 여성 임원들이 많았다. 나 또한 그분들을 보며 '여기서 살아남으면 저 자리까지 올라갈 수 있겠지?' 하고 꿈을 키웠었다.

만약 지금 엔터테인먼트 업계에서 일하는 분들이 있다면, 멘토나 롤모델로 삼을 만한 사수나 임원들과 자주 이야기를 나누면서 평소 쌓아 두었던 고민이나 앞으로의 경력에 대한 조언을 구하는 것도 좋은 방법이다. 과거의 내가 그랬듯, 힘든 일을 혼자 해결하려고 쌓아둔다면 결국 곪다 못해 터져버려 업계를 떠날 수밖에 없는 상처가 되기 때문이다.

지금까지 기획사 내부 인원인 대표에 대해 이야기했다면, 이젠 외부에서 기획사를 도와 함께 일하는 대행사 업체에 대해 말해보고자 한다. 엔터테인먼트 업계에서 일을 하면 다양한 대행사 업체와의 협력 업무는 필수이다. 홍보 대

행사는 말 그대로 방송 프로그램이나 영화, 가수들의 앨범 홍보 활동을 대행하며 보도자료 릴리즈부터 프레스 케어까지 다양한 업무를 담당한다. 주로 홍보팀 업무가 많거나 해당 분야의 전문가의 도움을 받아야 할 때, 홍보팀이 없는 회사에서 홍보대행사에 외주를 맡겨서 일을 진행한다.

매니저 출신 외에도 가수나 프로듀서들이 회사를 설립하는 경우도 많다. 매니저 출신 대표들은 본인의 인맥이나 노하우를 살려 방송이나 좋은 작품을 잘 잡아오는 것이 특징이라면, 프로듀서 출신들은 본인이 직접 앨범을 프로듀싱해 결과물에 관여하면서 전반적인 콘셉트 등의 방향을 정해주는 것이 특징이다.

팬클럽 경력은
꼭 필요할까?

결과적으로 이야기하면 반은 맞고 반은 틀리다. 연예기획사에는 부서가 굉장히 많다. 일반적인 회사처럼 인사나 총무, 회계 업무를 담당하는 경영지원팀은 물론, 팬클럽을 관리하는 팬 마케팅팀과 음반을 만드는 A&R 부서, 각종 언론 홍보를 담당하는 홍보팀, 연습생들을 관리하는 신인개발팀, 사진이나 영상을 제작하는 제작팀 등 다양하다. 이 중에서 팬클럽 경력이 필요한 팀은 팬 마케팅팀 정도가 될 것이다.

내가 그동안 본 팬 마케팅팀 직원들은 유명 아이돌 팬클럽 회장이나 부회장처럼 소위 임원 출신이 대부분이었다. 아무래도 현장에서 팬들을 관리하고, 팬들을 위한 콘텐츠도 개발해야 하는 등 팬클럽 경험이 없으면 하기 어려운 일들을 주로 해야 하기 때문일 것이다. 팬 마케팅팀에서 팬들을 관리하는 일을 하는 사람들을 흔히 '팬 매니저'라고 하는데, 과거 어떤 아이돌의 팬 마케팅을 담당했었느냐가 굉장히 중요한 경력이 된다. 회사 규모보다는 팬덤 규모가 경력에 더 영향을 많이 미친다. 엔터테인먼트 업계 자체가 워낙 인맥으로 알음알음 이직하는 경우가 많지만, 팬 마케팅 분야는 유독 인맥이 중요하다. 팬 매니저들 사이의 네트워크 형성이 이직 시 큰 도움이 된다고 하니 팬클럽 경험이 있는 편이 확실히 유리하다고 볼 수 있다.

팬 마케팅팀 외 부서는 팬클럽 경력이 있으나 없으나 크게 상관이 없다. 오히려 입사하려는 회사의 팬클럽에 소속된 이력이 있으면 좋지 않게 보는 경우가 많다. 회사에 입사하는 이유가 해당 아티스트를 가까이에서 보기 위함일 것이라는 부정적인 인식이 있기 때문이다. 그래서 규모가 큰 회사에서는 소속 가수의 팬클럽 가입 이력을 확인하는 경우도 있다고 들었다.

만일 면접에서 좋아하는 연예인에 대해 묻는다면 최대한 솔직하게 답변해야 한다. 좋아하는 연예인이 없었다고 하면 왜 엔터테인먼트 업계에 지원했는지 의문점이 생길 수도 있고, 괜히 좋아하지도 않는 연예인을 이야기했다가 꼬리에 꼬리를 무는 후속 질문에 난감해질 수도 있다.

연예기획사의 복지에 대해 알려주세요!

예쁘고 잘생긴 게 최고야

'이건 무슨 당연한 소리인가?'라고 생각하겠지만, '얼굴이 복지'라는 말이 있지 않은가? 예쁘고 잘생긴 연예인들을 많이 볼 수 있다는 것도 나름대로 연예기획사 직원만이 누릴 수 있는 장점이다. 평소 보지 못했던 연예인을 만나 함께 일할 수 있는 경험은 나름의 재미 중 하나이다.

연예인을 직접 볼 수 있다는 점 외에도, 다양한 촬영 현장을 겪을 수 있다는 것 또한 장점 중 하나이다. 드라마나 영화의 제작 발표회와 각종 인터뷰, 화보 등의 현장은 일반 회사라면 쉽게 경험할 수 없을 테니까. 그 덕분에 좋아하던 배우나 가수를 만난 적도 있었다. 연예인을 보기 위해서 연예기획사에 들어간 것은 아니었지만 막상 좋아하는 연예인을 만나는 행운을 누리니 일하면서 생긴 피로가 싹 사라지는 효과를 느낄 수 있었다.

무료로 즐기는 문화생활

업계 특성상 친한 관계자들이 콘서트 티켓이나 영화 예매권 등을 많이 보내준다. 영화 시사회에 초대되는 일도 잦은데, 콘서트나 영화를 관람하는 것은 단순한 유희뿐만 아니라 업무에 도움이 되는 활동이기도 하다. 평소 문화생활을 즐기는 사람이라면 이런 점이 큰 장점으로 여겨질 것이다. 문화생활을 즐기지 않는 사람이라도 다양한 콘텐츠를 접하는 일은 장기적으로 봤을 때 큰 도움이 될 것이다.

그 외의 복지

대부분 엔터테인먼트 회사들은 강남이나 번화가 근처에 있기 때문에 주변에 맛집이나 핫플레이스가 많다. 회사 위치에 따라 조금의 차이는 있겠지만, 대부분은 유명한 핫플레이스를 남들보다 빠르게 경험할 수 있다는 장점이 있다.

소소한 선물을 받을 기회가 많다는 것도 장점 중 하나이다. 소속 연예인이 광고하는 업체에서는 직원들을 위해 자사 제품을 선물로 보내주는 일이 종종 있다. 화장품, 맥주, 과자 등 광고하는 대상에 따라 종류도 다양하다.

조금 더 구체적인 실무 이야기

아래의 질문들은 브런치를 통해 받은 것이다. 대답하기에 앞서, 모든 답변은 나의 생각과 경험을 기준으로 했다는 점을 알리고 싶다.

Q. 연예기획사 홍보팀의 전반적인 성비는 어떻게 될까요?

내가 다녔던 회사들의 홍보팀은 전원 여자 직원들뿐이었다. 대부분의 회사에서 홍보팀 직원은 90% 이상이 여자라고 보면 되지 않을까 싶다. 물론 홍보팀에 남자 직원들이 아예 없는 것은 아니다. 그러나 기자로 활동하다가 홍보팀으로 이직하는 경우가 많기 때문에 같은 직원이라기보다는 관리자 급에 머물고 있을 확률이 높다.

Q. 연예기획사 홍보팀에서 일하려면 어떤 능력이 필요할까요?

가장 중요한 능력은 어떤 사건 사고가 터져도 이겨낼 수 있는 강한 정신력이라고 생각한다. 이것은 선천적으로 타고날 수도 있고, 일하면서 다양한 경험을 통해 몸소 습득할 수 있는 후천적인 능력이 될 수도 있다. 연예기획사를 다녀보니까 연예인들만 멘탈이 중요한 게 아니라 그들을 더 빛나게 해주고 옆에서 도와주는 사람들도 멘탈이 강해야 한다는 것을 깨달았다. 그러므로 일희일비하지 않고 평정심을 유지하면서도 너무 예민하지도 않으면서 자기중심이 있는 그런 마음가짐을 가지는 것이 중요하다.

소속 연예인이 실린 기사가 뜰 때마다 수십 군데 매체에서 걸려오는 전화들을 유연하고 능글맞게 받아칠 수 있는 강한 멘탈을 가진 사람이라면 일하는 데 더욱 유리할 것이라고 생각한다.

다음으로 중요한 능력은 적극적인 성격과 태도이다. 홍보팀은 기자나 매니저, 다른 회사의 홍보 담당자, 영화나 드라마 홍보 담당자, 스타일리스트, 메이크업아티스트, 매거진 에디터, 광고 담당자 등 다양한 사람들과 만나야 하는 만큼 친화력이 좋고 활발한 성격이 일할 때 유리하다.

부가적으로 글쓰기 능력을 가꾸면 좋다. 보도자료 작성은 중요한 업무 중 하나이므로, 문장 쓰는 연습을 많이 하는 게 도움이 될 것이다. 원래 글을 잘 쓰는 사람이라면 수월하게 느껴지겠지만, 글을 써본 경험이 적다고 해서 지레 겁먹을 필요는 없다. 앞에서 언급한 정신력이나 성격과 달리 글쓰기 능력은 훨씬 빠른 시간 안에 좋아질 수 있다.

Q. 연예기획사에서 일할 때 유리한 성향은 무엇일까요?

앞에서도 여러 번 말했지만, 무엇보다 '강철 멘탈'인 사람일수록 유리하다. 타인의 말에 잘 휘둘리지 않고 자기 주관이 뚜렷하고 대범한 성향의 사람들이 연예기획사에 더 적합한 직원이라고 생각한다.

공산품이나 생활용품을 파는 기업들의 홍보와 연예기획사의 홍보는 특성 자체가 다르다. 연예기획사의 홍보팀은 연예인이라는 '사람'을 위해서 일한다는 전제가 깔려 있다. 사람을 홍보하는 일은 물건을 홍보하는 일보다 신경 쓸 일도, 챙겨야 할 것도 많다. 오해가 쌓이지 않게 꾸준히 대화를 나눠야 하고 또 관계 유지를 게을리해서도 안 된다. 그러므로 자기 중심을 잘 잡고 사람들과의 원활한 관계를 유지할 수 있는 능력이 필요하지 않을까 싶다.

Q. 홍보팀 직원의 일과는 어떻게 되나요?

그날그날 아티스트의 스케줄이 무엇인가에 따라 종일 사무실에 있을 때도 있고, 아예 현장으로 바로 출근해야 할 때도 있다. 그러나 변하지 않는 일과는 '모니터링'이다. 전날 소속 연예인의 방송이 있었다면 뉴스 포털이나 커뮤니티에 올라온 반응들을 먼저 모니터링한다. 진행 중인 드라마가 있다면 촬영 예정인 회차의 대본을 보면서 앞으로 보도자료 내용과 촬영 콘텐츠를 기획한다. 촬영이 있는 날에는 드라마 현장에 가서 촬영도 하고, 촬영이 없는 날에는 사무실에서 기획하거나 전에 촬영했던 사진들로 콘텐츠를 만들기도 한다. 기자 미팅을 하거나 매체사를 돌면서 인터뷰를 진행하는 업무도 해야 한다.

만일 제작 발표회 같은 행사가 있으면 행사 현장에 가서 배우가 어떻게 이야기하는지 체크하고 SNS에 올릴 현장 사진을 찍어서 실시간으로 업로드한다. 또, 제작 발표회와 관련해서 나온 기사들을 검색해서 잘못된 부분은 없는지 체크한다.

Q. 면접에서는 어떤 태도로 임하는 것이 좋을까요?

면접에서 수더분한 모습을 보여줘야 하는지, 똑 부러지는 성격을 보여줘야 하는지는 면접관의 성향에 따라 달라지는 부분이라고 생각한다. 따라서 본인의 성향을 어떤 기업에 맞추려고 하기보다는, 솔직한 자신의 모습을 보여주는 게 중요하다.

아무리 솔직한 모습이 중요하다고는 해도, 공통적으로 꼭 필요한 태도도 있다. 바로 업계에 대한 적극성과 진심이다. 내가 이 일을 얼마큼 하고 싶은지, 왜 이 아티스트를 홍보하고 싶은지, 왜 꼭 이 회사여야만 하는지 얘기할 수 있어야 한다. 회사와 아티스트에 대해 연구한 내용을 면접관들에게 전달하는 것을 잊지 말아야 한다.

Q. 일할 때 가장 힘든 부분과 반대로 가장 좋은 부분은 무엇인가요?

가장 힘들었던 건 시도 때도 없이 걸려오는 기자들의 전화였다. 거칠고 세게 말하는 기자들에게 친절하고 의연하게 응대해야 하는데, 나로서는 그게 참 힘들었다.

홍보팀은 맡는 업무의 종류가 다양하기 때문에 다른 업계로 이직할 때에 어필하기 좋다는 점이 메리트다. 잘 생각해보면 우리 생활에서 연예인과 관련된 일이 정말 많다. 매일 보는 드라마나 영화, 예능 프로그램은 물론, 각종 식음료나 가전제품, 화장품 광고 등등. 일상 속에서 연예인은 빼놓을 수 없는 하나의 카테고리가 되었다. 그러다 보니 일을 하면서 각종 드라마나 영화, 화보, 광고 촬영, 콘서트나 뮤지컬 등의 분야를 접할 수 있었다는 게 큰 장점 중 하나였다. 영화나 드라마 제작 쪽에 관심이 있는 사람이라면 촬영 현장에서 직접 일했던 경험이 경력이 될 수도 있고, 뷰티 분야에 관심이 있다면 뷰티 화보 촬영 경험을 어필할 수도 있을 것이다.

Q. 자기 소개서를 쓸 때 무엇을 강조해야 할까요?

홍보팀 업무는 사람들을 상대하는 일이 중요하다. 따라

서 연예기획사에서 요구하는 역량과 본인의 경험(대학교에서 동아리나 외부 활동에서 리더 역할을 하거나 직접 동아리를 만들었던 경험처럼 인간관계와 적극성을 보여줄 수 있는)을 연결시키면 조금 더 와닿는 자기 소개서가 될 것이다.

기획사의 소속 아티스트에 대한 공부는 필수항목이다. 적어도 내가 지원한 기획사에 소속된 아티스트의 이름과 인원수 정도는 알고 있어야 면접 시에 이야기 나눌 부분도 풍부해질 테니 말이다.

Q. 홍보 업무에 도움 되는 유용한 기능이 있다면 소개 부탁드려요!

연예기획사의 홍보팀 직원은 만능이어야 한다. 글쓰기와 기획은 물론 사진 촬영과 보정까지 할 줄 알아야 한다. 규모가 큰 회사들이라면 디자인과 촬영, 기획이 각 팀으로 분리되어 있겠지만, 소규모 기획사의 홍보팀은 한 명이 이 모든 업무를 맡아야 할 때가 많다.

워드와 파워포인트, 엑셀은 기본이다. 엑셀은 회계 업무를 하는 팀이 아닌 경우에는 기본적인 수식만 알아도 웬만한 작업은 가능하지만, 워드나 파워포인트는 고급 스킬까지 알고 있는 게 좋다. 워드는 보도자료 작성 시에 주로 사용하고, 파워포인트는 연예인의 프로필을 제작할 때 필요하다. 또한 각종 제안 사항들을 자료로 만들어야 하는 일이 많기 때문에 엑셀보다는 잘 다루는 것이 좋다. 하도 PPT를 많이 다루다 보니 이제는 웬만한 사진 보정이나 편집 작업은 PPT 기능으로 하는 것이 더 편해질 정도다.

포토샵도 다룰 줄 알면 좋다. 디자인 팀이 따로 있어도 SNS에 이미지를 업로드할 때 간단한 사진 보정이나 디자인 작업 정도는 직접 하는 것이 더 편할 때가 많다.

이외에 인스타그램 저장 기능과 네이버 킵Keep 기능을 적극적으로 활용하는 걸 추천한다. 레퍼런스를 찾거나 참고할 콘텐츠를 다시 보기에 유용한 기능이다. 네이버 데이터랩(검색어 트렌드와 검색량을 확인할 수 있는 기능)과 핀터레스트 사이트는 수시로 확인하면 좋다.

네이버 데이터랩의 경우엔 분야별로 패션 의류, 패션잡화, 화장품/미용, 디지털/가전, 가구/인테리어 등등 원하는 분야에서 어떤 제품이 많이 검색되었는지 알 수 있다. 검색어 해당 기간, PC나 모바일, 성별, 연령 등 세분화되어 있어 마케팅 관련 업무에 참고하기 좋다. 핀터레스트는 감각적이고 영감을 주는 이미지가 많은 만큼, 비슷한 이미지에 한계를 느끼고 있는 사람들에게 추천한다. 화보나 콘텐츠 촬영 관련 레퍼런스 찾기에 편리하다.

갖지 못한 것은 언제나 아쉬움의 대상이 된다. 어린 시절 나는 인형을 좋아했지만, 좋아하는 만큼 갖지는 못했다. 그래서 성인이 되고 돈을 벌기 시작하면서부터 귀여운 인형을 모으는 취미가 생겼다.

엔터테인먼트 업계에 대한 꿈은 내게 '갖고 싶은 인형'이었다. 만약 내가 연예기획사에서 일하지 않았다면 업계에 대한 동경은 미련이 되어 지금까지도 후회하고 있었을지도 모른다. 엔터테인먼트 업계에서 일하는 동안 내 열정을 다 바쳐서 하고 싶었던 모든 일을 경험했기 때문에 후회

없이, 미련 없이 훌훌 떠날 수 있었던 게 아닐까 생각한다.

언젠가 슈퍼주니어 은혁이 나오는 유튜브 영상을 본 적이 있다. 지식인에 올라온 본인 관련 질문에 답변해주는 게 콘텐츠인 영상이었다. 내게 인상적이었던 건, "어떻게 하면 은혁과 결혼할 수 있나요?"라는 질문 아래에 달린 답변이었다. 답변에는 "지인을 통해 소개받아보세요. 아무것도 하지 않으면 아무 일도 일어나지 않습니다"라고 적혀 있었다. 영상을 볼 당시에는 쓸데없는 질문에 진지하게 답변한 것이 재밌다고만 여겼는데, 곰곰이 생각해보니 그 답변은 큰 의미를 내포하고 있었다.

그렇다. 아무것도 하지 않으면 아무 일도 일어나지 않는다. 무엇이든 처음이 어려울 뿐이다. 꼴찌를 하는 게 두려워 출발선상에 서서 망설이고 있다면, 일단 신발 끈을 고쳐매고 한 발을 뻗어보자. 첫발을 내디딘 것만으로도 큰 수확이다. 처음이 그리 어렵지 않다는 것을 깨달으면, 어느 순간 목표 지점을 향해 달리고 있는 자신의 모습을 발견하게 될지도 모른다.

별이 반짝이기 위해서는 어둠이 필요하다. 그 어둠과 같은 사람들이 바로 연예기획사에서 일하는 직원들이다. 보이지 않는 곳에서 고군분투하는 그들의 존재가 있기에 스타가 더욱 빛날 수 있는 것이다. 만약, 지금 엔터테인먼트 업계를 꿈꾸고 있는 분들이 있다면 빛나는 스타들의 곁에서 함께 빛나는 나날을 보낼 수 있기를 바란다.

어서 와, 연예기획사는 처음이지?

엔터 노동자의 피 땀 눈물

초판 1쇄 발행 2022년 5월 17일

지은이 벨루가
펴낸이 서재필
책임편집 양수빈
책임마케터 박소민

펴낸곳 마인드빌딩
출판신고 2018년 1월 11일 제395-2018-000009호
전화 02)3153-1330
이메일 mindbuilders@naver.com

ISBN 979-11-90015-88-2 (03810)

- 책값은 뒤표지에 있습니다.
- 잘못된 책은 구입하신 곳에서 바꿔드립니다.

마인드빌딩에서는 여러분의 투고 원고를 기다리고 있습니다. 출판하고 싶은 원고가 있는 분은 mindbuilders@naver.com으로 기획 의도와 간단한 개요를 연락처와 함께 보내주시기 바랍니다.